Cela

Moka

Cela

Médium
11, rue de Sèvres, Paris 6e

Loi n° 49.956 du 16 juillet 1949 sur les publications
destinées à la jeunesse : mars 2000
Dépôt légal : octobre 2002
Imprimé en France par Bussière Camedan Imprimeries
à Saint-Amand-Montrond
N° d'impr. : 024478/1. N° d'édit. : 3278.

CHAPITRE 1

Marie-Beth jouait à Môssieur Classieux devant le miroir. Elle déformait son minois de petite fille par une moue prononcée et disait :

« C'est claaaassieux. »

Môssieur Classieux n'existait pas. Enfin, pas en temps que tel. C'était le nom que Marie-Beth avait donné à M. Bertrand de La Chasse, le patron de son papa. M. Bertrand de La Chasse avait pour coutume de dire « c'est classieux » à la place de super, comme tout le monde. Cela faisait beaucoup rire Marie-Beth qui pouvait passer des heures devant le miroir à répéter « c'est claaaassieux. »

– Tu ne pourrais pas changer de disque ? demanda Alix.

– On dit « compact », c'est plus claaaassieux, répondit Marie-Beth.

– Tu me tapes sur le système, ma petite.

Marie-Beth tira la langue à sa sœur aînée mais discrètement. Alix avait la main leste. Et Marie-Beth était sa victime préférée. Évidemment, c'était facile. Alix avait quatorze ans et Marie-Beth seulement neuf.

– Je m'ennuie, dit Marie-Beth.

– T'as qu'à sortir le chien, ça t'occupera.

– C'est ton tour ! Et puis, flûte ! Viens, Sac-à-puces, on va se promener !

Sac-à-puces, que Marie-Beth appelait aussi « le chien le plus bête à l'est du Pécos », remua la queue. Il était toujours partant pour une promenade.

– Mets ton imper, il pleut, dit Alix.

– Chouette ! La gadoue, la gadoue ! T'aimes ça, hein, Vide-ordures !

Vide-ordures était de la race des bâtards, donc peu soucieux d'être traité de tous les noms. Il fit quelques bonds autour de Marie-Beth. Au moins, c'était un chien à sa taille. Il était petit. Une espèce de croisement entre le fox, le basset et le labrador. Une horreur, en somme, d'un vague blanc sale avec des taches noires et ocres.

Marie-Beth prit la laisse et sortit. Dans l'entrée, elle mit son imperméable orange.

– Tu vois, avec ça, Vieille Chaussette, je ne risque pas de me faire écraser !

La pluie tombait en fines gouttelettes serrées. Marie-Beth grinça des dents. Il faisait un froid à ne pas mettre un chien dehors, même celui-là.

– Il faut croire que je t'aime, Sido, pour sortir maintenant !

Quand papa avait ramené le chien de la SPA, Marie-Beth avait voulu le baptiser Rémi. On lui avait répondu que ce n'était pas un nom de chien. Elle l'avait donc appelé Sido. Toute la famille était ravie, sauf maman qui ne voulait pas de chien. Cela faisait trois ans que Sido avait été adopté. Maman ne le supportait toujours pas. Elle refusait de s'en occuper. C'étaient les filles qui le sortaient le soir, papa juste avant de se coucher et Ulysse, le matin avant de partir à l'école.

Marie-Beth courut jusqu'au parc avec Sido. Les arbres nus offraient peu d'abri mais c'était mieux que la rue. Sido reniflait tous les troncs à la recherche d'odeurs attirantes. Il levait la patte toutes les trente secondes. Les allées du parc étaient désertes. Marie-Beth tira sur la laisse. Elle avait envie de rentrer au plus vite.

– Allez, viens, Sido, ça craint…

La nuit était proche et l'endroit sinistre. Marie-

Beth regardait tout autour d'elle, imaginant que chaque arbre cachait un assassin. Mais la seule chose en vue était un écureuil transi. Sido l'avait aperçu aussi. Il faisait des bonds mais Marie-Beth le tenait fermement.

– Laisse-le tranquille !

L'écureuil ne bougeait pas. Marie-Beth pensa qu'il était mort. Mais non, il avait l'œil encore vif. Pourquoi restait-il là, sur le sol, comme pétrifié ? Marie-Beth attacha Sido à la pompe à eau et s'approcha de l'animal.

– Petit, petit... n'aie pas peur...

Elle s'accroupit dans la terre boueuse. L'écureuil l'observait, frémissant. Marie-Beth avança la main. Il s'aplatit mais ne s'enfuit pas. Elle l'attrapa. Elle sentait le cœur qui s'emballait sous la fourrure. Elle voulut le soulever et n'y parvint pas.

– Eh ! Attends voir ! Qu'est-ce que c'est que ça ?

Alors, elle comprit. Un mince fil de fer retenait les deux pattes arrière de l'écureuil. Un piège. L'indignation s'empara de Marie-Beth. Quelqu'un avait posé un piège et la pauvre bête était non seulement prisonnière, mais blessée. Elle eut du mal à enlever le fil tant il était entré profondément dans la chair. L'écureuil avait dû se débattre longtemps car il était trop épuisé pour lutter. Sido s'impatientait et aboyait sans discontinuer.

Marie-Beth ouvrit son imperméable et y glissa doucement l'écureuil.

– Je vais te soigner, moi. Sido, ta gueule !

*
* *

Le corps gluant de la limace glissa sur le tronc rugueux de l'arbre. La sensation était intéressante. Cela faisait « smmouck, slouch, smmouck, slouch... » Mais, en dehors de ça, la limace était un animal vraiment peu instructif. Ce n'était rien de plus qu'un système digestif rampant. Vivre là-dedans devenait rapidement lassant. Il était donc urgent de changer.

Cela ne pensait pas encore. *Cela* ne pouvait que ressentir et expérimenter. Mais *Cela* savait qu'il fallait procéder avec précaution. Son attention se porta sur la chose à quatre pattes qui produisait des sons plus que désagréables. *Cela* ignorait encore que c'était un chien. Pas à sa mesure pour l'instant. L'autre chose à deux pattes l'était encore moins. Restait la dernière, petite, tremblante et faible chose. Mais elle intéressait aussi la chose à deux pattes. *Cela* n'eut pas le temps d'effectuer le transfert. *Cela* ne le regretta pas car *Cela* ne savait pas ce qu'était le regret. *Cela* sentit que la chose tremblante était mourante donc inutile.

Le hasard décida pour *Cela*. Un oiseau noir fondit brusquement sur la limace et l'avala.

Cela devint oiseau.

*
* *

Quand Marie-Beth rentra à la maison, Ulysse était revenu. Il était dans la cuisine devant le frigo. Ulysse était un puits sans fond. Il pouvait manger toute la journée et rester aussi maigre. C'était fréquent chez les garçons de douze ans.

– Eh, Ulysse, regarde !

Il se retourna, l'assiette de fromages à la main. Marie-Beth lui montra l'écureuil.

– T'es pas un peu dingue ? C'est plein de maladies, ces bestioles !

– Mais il est blessé ! Un salopard a posé un piège dans le parc, il était pris dedans !

– Et en plus, t'es allée dans le parc ! Maman t'a interdit d'y aller quand il fait nuit !

– On n'est pas obligés de lui dire, répondit Marie-Beth. De toute façon, je n'ai pas dépassé la fontaine. Aide-moi à le soigner, tu veux ?

Ulysse reposa son assiette.

– Hum... Il faut désinfecter. Va chercher l'alcool dans la pharmacie et enferme Sido dans ma chambre autrement il va se le faire, ton écureuil!

Marie-Beth lui donna l'écureuil et disparut avec Sido. Ulysse ramassa le carton du supermarché, vida les ordures qu'il y avait dedans dans la poubelle. Il mit l'animal dans le carton. Il n'avait pas l'air bien, le pauvre.

– Je crois pas qu'il va passer la nuit...

– Qui donc?

Ulysse leva la tête.

– Ah c'est toi... Marie-Beth a ramassé un écureuil blessé dans le parc.

Alix regarda dans le carton.

– Quoi! Maman va être dans tous ses états! Marie-Beth! Va le reporter tout de suite où tu l'as trouvé!

Marie-Beth tendit la bouteille d'alcool à Ulysse.

– Tu es une sans-cœur! dit-elle, les larmes dans la voix.

– C'est pas moi, répondit Alix. C'est maman.

– Il n'est pas question de le garder, dit Ulysse. On va juste le soigner.

– Tu ferais mieux d'attendre papa. Je suis presque sûre qu'il a la rage. Oh, Marie-Beth!

Marie-Beth ! Quand donc deviendras-tu raisonnable ?

– Pas besoin de papa… murmura Ulysse.

Mais l'histoire de la rage le préoccupait un peu. Il ouvrit la bouteille d'alcool et versa le contenu n'importe comment sur l'écureuil. L'animal eut un sursaut de douleur puis ne bougea plus.

– Tu l'as tué ! hurla Marie-Beth.

Ulysse tapota d'un doigt le corps inerte.

– Je t'avais dit d'attendre papa, dit Alix.

*
* *

Voler… *Cela* ne connaissait pas encore la peur. Quand *Cela* heurta l'arbre, *Cela* expérimenta la douleur. Il était parfois difficile de transférer dans un corps si différent de sa nature. Difficile de comprendre. Mais *Cela* apprenait. Comment voler, la vision de nuit et l'orientation. *Cela* était hibou et l'instinct de l'animal le guidait. Manger. Repérer les proies et fondre dessus. *Cela* ne pouvait pas aimer ou apprécier. Mais *Cela* sentait le vent porteur sous les ailes, les odeurs humides de la terre, le goût du sang d'un mulot imprudent.

Et quand viendra le matin, *Cela* connaîtra le sommeil.

*
* *

Contre toute attente, maman s'attendrit sur le petit écureuil. Qui n'était pas si mort que ça.

– Il faut tout de suite le porter à la clinique vétérinaire, décida-t-elle.

– Maintenant ? dit papa. Il est neuf heures !

– Ils sont ouverts la nuit.

– Ouais mais on verra ça demain...

– Il sera peut-être mort, demain ! cria Marie-Beth. Maman !

Maman prit le carton et les clés de la voiture. Marie-Beth voulait venir avec elle mais essuya un refus catégorique et l'ordre d'aller au lit. Maman promit tout de même de lui donner des nouvelles à son retour.

Ulysse profita de l'absence de sa mère pour se brancher sur Internet. D'ordinaire, il n'avait pas le droit pendant la semaine. Comme papa regardait la télé, il ne risquait rien.

Un de ses copains de classe lui avait donné l'adresse d'un nouveau site. Il n'avait pas envie d'attendre le week-end pour le visiter.

– Qu'est-ce que tu fais ?

Ulysse se mordit les lèvres. Alix était parfaitement capable de cafter.

– Je jette juste un œil, dit-il. Et pis, c'est ma chambre, ici.

– C'est contre les ordres.

– Et quoi ? Tu vas me dénoncer ?

– Non. Si tu me connectes sur le site X-Files.

Ulysse soupira. Alix était une fan de séries télé.

– D'accord mais je regarde d'abord mon truc à moi.

– Ça marche… C'est quoi, comme site ?

– Un répertoire des nouveaux programmes informatiques.

Alix ouvrit la bouche et la referma. Son petit frère l'étonnerait toujours.

– Ah voilà…

Alix regarda défiler les lignes. Elle n'y comprenait rien. Ulysse cliqua sur un nom de la liste et siffla entre ses dents.

– Vise-moi ça un peu ! dit-il. C'est carrément dément !

– Je te crois sur parole.

Ulysse se mit à rire.

– Ouais ! C'est du chinois pour toi ! Mais tu vois, ce chinois-là, c'est mon rêve… Le super-programme. Le top des tops ! Et ça, c'est le prix. Et merde.

Ulysse avait posé le doigt sur l'écran. Alix lut : trente mille dollars.

– Trente mille dollars ?

– C'est américain.

– Non mais... Ça fait... Cent quatre-vingt mille francs !

– On peut le commander par le net.

– Ulysse ! Cent quatre-vingt mille francs ! Qui peut se payer ça ? Pour un putain de programme !

– Ouais, un putain de programme... murmura Ulysse, les yeux dans le vague.

– Et qu'est-ce qu'il fait, pour ce prix-là ?

– Tout. C'est un programme intelligent.

– Intelligent, mon œil ! C'est le programmateur qui est intelligent. Et toi, t'es pas à la hauteur.

– T'as pas compris. Celui-là, il apprend à apprendre.

– Hein ? Et ça sert à quoi ?

– C'est ça, l'intelligence. C'est ce qui fait qu'on est des hommes et pas des bêtes. Tu rentres des données dans l'ordinateur comme tu... heu... comme tu éduques un bébé. Et après, il développe son propre système de pensée C'est révolutionnaire !

– Au risque de me répéter : ça sert à quoi ?

– Mais à partir du moment où il pense par lui-même, il peut tout faire !

– Ah oui ? Eh bien, mon vieux, ça, ça s'appelle de la science-fiction.

– Non, répondit Ulysse. Ça s'appelle Centurion.

*
* *

Marie-Beth avait lutté longtemps contre le sommeil et avait perdu. Sa mère remonta la couette et déposa un léger baiser sur le front de sa petite fille.

– Alors ? souffla Alix de son lit.

– Le véto a dit que s'il passait la nuit, il avait une chance. Il m'a demandé si je comptais le reprendre et…

– Et t'as répondu quoi ?

– J'ai dit oui et je ne sais pas ce qui m'a pris !

– On le relâchera dans le parc quand il ira mieux. Tu te rends compte qu'il y a quelqu'un qui a posé des pièges ?

– C'est scandaleux. Je ferai un tour au commissariat, demain. Des pièges ! Des enfants pourraient se blesser !

– Et les chiens, ajouta Alix. C'est peut-être quelqu'un qui déteste les chiens.

– Je les déteste mais je ne vais pas poser des pièges pour autant! répondit maman.

– Je ne crois pas que tu les détestes tant que ça, dit Alix. Tu donnes toujours ton gras de jambon à Sido.

– Je ne mange pas le gras, répondit maman avec un sourire. Allez, dors!

Alix tapota son oreiller.

– Tu sais quoi? Ulysse veut s'acheter un nouveau programme informatique. Il a seulement besoin de cent quatre-vingt mille francs!

– Il pourra se le payer au bout de cent cinquante ans d'argent de poche, répondit maman.

Alix rit doucement. Peut-être que, dans cent cinquante ans, Centurion pourra s'offrir un Ulysse pour des clopinettes. S'il est si intelligent que ça, il dirigera le monde. Et les hommes ne serviront plus à rien.

Mais ça, c'était *vraiment* de la science-fiction.

*
* *

Au matin, Marie-Beth avait tellement pleurniché que sa mère avait fini par téléphoner à la clinique vétérinaire. Le petit écureuil avait passé la nuit et repris un peu de vitalité. Le véto pensait le garder en observation encore quelques heures. Maman promit d'aller le chercher en fin d'après-midi.

Alix et Ulysse laissèrent Marie-Beth devant l'école primaire comme d'habitude.

– T'as quoi comme cours, aujourd'hui ? demanda Alix.

– Maths et français... répondit Ulysse. Et deux heures de perm, quelle barbe !

– Tu termines tôt, t'as du bol... Moi, j'en ai pour jusqu'à six heures ! Tu verras quand tu seras en troisième ! C'est du sérieux !

Ulysse pensait que la cinquième, c'était suffisamment sérieux comme ça. Mais il ne jugea pas utile de le dire. Alix allait se moquer. C'était un des côtés énervants de sa sœur aînée. Elle lui jouait toujours le même refrain : « Moi, je suis grande, mon petit. » Par moments, il avait des envies de meurtre. C'était encore pire pour Marie-Beth. Alix la rabaissait sans cesse. Et puis elle lui tapait dessus. Ça, au moins, elle ne le faisait plus avec lui. Il était en âge de se défendre.

Ils se quittèrent dans la cour. Ulysse attendit près de la grille l'arrivée de son copain Sam. Eux deux, c'était à la vie à la mort depuis la sixième. Sam surgit au coin de la rue, au pas de course. Il était toujours en retard.

– Pffut, vieux ! dit Sam. Mon réveil n'a pas sonné !

– Encore ? répondit Ulysse en souriant.

– C'est pourtant vrai ! Personne ne vous croit jamais quand on dit ça...

– Je te crois.

La sonnerie retentit et ils se dirigèrent vers leur salle de classe.

– T'as eu le temps de visiter le site ? demanda Sam.

Sam était un mordu d'informatique. Souvent, Ulysse ne se sentait pas à la hauteur avec lui.

– Ouais... T'as vu le nouveau programme ?

– Ah... Centurion. Dingue, hein ?

– Oui. Surtout le prix !

Sam ricana. Ulysse le regarda.

– Pourquoi tu te marres ? demanda-t-il.

– Par le net, j'ai eu l'adresse d'un mec qui l'a acheté. Enfin, je l'ai pas eu, c'est un de mes potes qui le connaît. Tu sais, celui qui habite à Lille.

– Et alors ? Je m'en fous de savoir que quelqu'un d'autre l'a ! Du moment que c'est pas moi, rien à foutre... bougonna Ulysse.

– T'es long à la détente, ce matin, dit Sam.

– Quoi ?

– Le mec, il est en réseau, ducon.

Ils étaient arrivés dans la classe. Ulysse posa son cartable sur la table.

– Et alors ? demanda-t-il.

Manque de chance, le professeur de maths entra juste après eux. Sam s'assit et fit un clin d'œil à son ami. Ulysse pensa : « Pourquoi est-ce que Sam a toujours l'air d'avoir oublié de se laver ? » Puis le cours commença et il se concentra sur les maths, sa matière préférée.

*

* *

Le problème avec les créatures terrestres, c'était qu'elles ne résistaient pas très longtemps. *Cela* ne pouvait les utiliser qu'un laps de temps assez bref. Rapidement, elles se mouraient, dévorées à l'intérieur par ce parasite d'un genre inconnu. Elles commençaient par adopter un comportement anormal et puis cessaient de vivre. *Cela* devait transférer avant.

Le hibou qu'il avait investi s'était engourdi avec le sommeil. *Cela* étudia les effets de l'endormissement. Sensation étrange mais pas désagréable.

Malheureusement, l'oiseau grelottait. Il gémissait. *Cela* ne pouvait pas contenir la dégénerescence. *Cela* ne pouvait pas empêcher la putréfaction des entrailles.

Cela repéra le chat qui chassait dans le parc. *Cela* réveilla le hibou et il s'envola. Le hibou s'écrasa sur le sol, presque mort. Surpris, le chat s'était éloigné. Puis il revint sur ses pas. Il renifla l'animal gisant.

Cela rassembla ses cellules en une seule masse et jaillit des plumes sanglantes, du ventre déjà pourrissant de l'oiseau.

Le chat poussa un cri strident. Il ne put pas fuir. *Cela* était accroché à son museau, l'étouffant. Le chat vacilla. *Cela* profita de cet instant de faiblesse et entra dans la bête en glissant dans l'œsophage. *Cela* avait appris de ses expériences passées que c'était le moyen le plus facile.

Une fois à l'intérieur, *Cela* n'avait plus qu'à dissocier les millions de cellules qui le composaient et à les répandre dans tout l'organisme.

Et *Cela* prit une nouvelle fois le contrôle d'une de ces créatures terrestres si intéressantes...

CHAPITRE 2

Ulysse n'était pas pressé de se rendre en permanence. Malgré le froid et la pluie, il traînait dans la cour. Sam était aux toilettes. Il y était depuis un temps fou. Il en ressortit enfin.

– Eh ben ! C'est pas trop tôt ! Qu'est-ce que tu foutais là-dedans ?

– Oh rien... J'ai rencontré un mec que je connaissais et on a commencé à parler jeux... répondit Sam. Tu me connais, je suis intarissable sur les nouveautés !

– Ouais... Dis donc, à propos de Centurion...

– Ça sonne. Faut qu'on y aille.

Il le faisait exprès. Sam le laissait mariner au lieu de lui répondre.

– Arrête de te foutre de moi ! cria Ulysse.

Sam se mit à rire puis devint brusquement sérieux.

– Tu le veux vraiment, ton truc ? demanda-t-il.

– Bien sûr... Tu peux m'avancer un peu d'argent ?

– Le problème, c'est que ta bécane, elle n'est pas assez puissante pour Centurion.

– Je ne crois pas que ça soit le plus gros problème, tu vois, dit Ulysse.

– Ben si, quand même... Par contre, mon ordinateur... Il pourrait encaisser...

– D'accord, répondit Ulysse. Et comment tu vas faire ?

– Fastoche... Enfin, en théorie... Mon pote de Lille, c'est le champion des hackers. Tout ce qu'il nous faut, c'est le I.P. du mec qui a Centurion. Et après... on lui pirate, tranquille !

– Tu veux pirater Centurion ? dit Ulysse, effaré. Mais... c'est pas légal ! Heu... C'est quoi, I.P. ?

– Tu crains... soupira Sam. Protocole Internet. Son adresse.

– Je croyais que ça s'appelait e-mail...

– Mais non ! Le I.P., c'est l'adresse secrète. Et si je veux entrer dans son ordinateur, il me la faut. Après, on se connecte puisque le gars est en réseau. J'ai plus qu'à lui envoyer le troyen.

– Le quoi ? demanda Ulysse, de plus en plus perdu.

– Un virus. Tu sais, le cheval de Troie. Je rentre dans son système avec le troyen.

– Pas logique comme nom, répondit Ulysse. Les Troyens, c'est ceux qui sont à l'intérieur, pas ceux qui envoient le cheval.

Sam haussa les épaules.

– Qu'est-ce qu'on en a à foutre ?

– Un virus ! C'est dégueulasse !

– Il le saura même pas... Et puis, c'est le moyen le plus facile.

– Et on peut vraiment lui piquer le programme ?

– Ouais... Tout ce que j'ai à faire, c'est de demander à mon pote de Lille de me trouver le I.P. Le reste, c'est mon affaire...

– T'as déjà fait ça ? demanda Ulysse.

– Heu, non... Mais je sais comment ça marche. Alors ? Tu le veux ou tu le veux pas, ton Centurion ?

Ulysse marqua une courte hésitation devant la salle de permanence.

– Et alors ? hurla le pion. Vous vous dépêchez un peu, là ? Et fermez la porte ! On se gèle !

– Je le veux, souffla Ulysse.

*

* *

Sam avait la chance d'avoir son lieu à lui. Pas une simple chambre dans laquelle une sœur ou une autre vient vous embêter. Mais un vrai endroit rien qu'à lui, la remise du jardin. Tout son matériel informatique était là. Et sa mère n'y mettait jamais les pieds. Et en plus, il n'avait PAS de sœur.

– Touche pas, dit Sam.

– J'ai rien fait ! protesta Ulysse.

– Touche pas quand même.

– Va bien falloir que je touche quand j'aurai Centurion !

– Quand « tu » auras ? Eh, mec ! C'est mon ordinateur et sans moi, pas de Centurion !

– Si c'est comme ça, je renonce, répondit Ulysse.

– Bon, te fâche pas, quoi ! Allez, c'est parti !

Sam appela son copain lillois. Ulysse tournait en rond. La conversation n'en finissait pas.

– Oh mince ! s'écria Sam. Le Grand Hacker a piraté tout un lot de nouveaux jeux ! Géant !

– Qui c'est, le Grand Hacker ?

– Ben, lui. Mon pote de Lille.

– Modeste à ce que je vois, dit Ulysse. Mais et mon I.P., alors ?

– T'inquiète, il s'en occupe. Ça sera pour demain. En attendant, il m'envoie tous les jeux. Il est vraiment grand, le Grand Hacker... On va pouvoir se payer de sacrées parties!

Ulysse ne fit pas de commentaires. Sam était un mordu de jeux. Ulysse n'était pas trop intéressé. Il avait tellement joué qu'il s'en était dégoûté. Oh bien sûr, c'était toujours amusant de tester les nouveautés mais après... L'overdose, en somme. Ulysse prit congé de son ami. Il était déjà tard et il était bon pour le sermon à l'arrivée. Sa mère faisait un blocage sur l'informatique. Elle trouvait qu'Ulysse passait bien trop de temps avec son ordinateur au lieu de faire ses devoirs. Et sur ce sujet épineux, elle avait toujours le dernier mot.

Ulysse bénéficia du retour de l'écureuil. Sa mère oublia de le gronder. Marie-Beth était plantée devant la cage donnée par le vétérinaire.

– Regarde, Ulysse! Il va beaucoup mieux!

– Parfait, dit maman. On va pouvoir le relâcher!

– Oh, mais pas si bien que ça! s'écria Marie-Beth. Il... il est encore tout faible!

– Ça va, ça va! répondit maman en riant. Tu peux le garder un peu. Mais tu sais qu'il n'est pas heureux d'être en cage...

– Dans le parc, il y a des pièges!

Maman se renfrogna. Oui, les pièges... Elle avait

averti les policiers et ne les avait pas trouvés très concernés... Elle avait pourtant bien insisté sur le fait que des enfants pourraient se blesser. Elle avait quitté le commissariat en les traitant de « fonctionnaires », ce qui n'avait pas été particulièrement apprécié. Elle avait le caractère vif. On ne se refait pas à son âge...

– Allez, au bain, Marie-Beth !

Ulysse renifla la cage puis se pinça le nez.

– C'est plutôt l'écureuil qu'il faudrait envoyer au bain ! remarqua-t-il. Ça pue, c'te bestiole !

– C'est pas vrai ! dit Marie-Beth. C'est toi qui pues !

Maman n'eut qu'à lever un sourcil pour que Marie-Beth file au bain en vitesse. Ulysse regarda sa mère. « Ça, c'est vraiment avoir de l'autorité », pensa-t-il. Lui, il pouvait hurler jusqu'à devenir aphone, jamais il ne réussissait à faire obéir sa petite sœur.

*
* *

La vie de chat était réellement pleine d'enseignement. *Cela* apprit à se tenir à l'affût, à bondir en silence, à saisir entre les mâchoires. Et à grimper aux arbres. Le problème, c'était que ni *Cela* ni le chat ne savaient comment en redescendre. Miauler. Oui mais ça ne servait à rien ! *Cela* prit le contrôle et fit sauter le chat. Le sol était détrempé et amortit la chute.

À quelque distance de l'arbre, un autre animal se débattait furieusement. Le chat et le hibou avaient appris la patience à *Cela*. *Cela* étudia la situation dans un premier temps. *Cela* avait déjà vu une créature semblable. Ce que *Cela* ne pouvait pas encore comprendre, c'était que l'animal était pris dans un piège. L'instinct du chasseur prit le dessus et *Cela* fondit sur la bête pour la tuer.

*
* *

À la faveur de la nuit sans lune, l'homme se faufilait sans bruit dans les buissons décharnés. De son sac à dos, il sortit un rouleau de fil de fer. Avec sa pince coupante, il en prit un morceau. Il fixa une extrémité solidement et forma une boucle à l'autre avec un nœud coulant.

– Et de trois... murmura-t-il. Saletés de chats... Je les aurai tous ! Tous des saletés... Les écureuils... Saletés !

L'homme poursuivit son chemin sans avoir vu le chat. Ce drôle de chat aux babines pleines de sang qui l'observait avec des yeux qui n'étaient plus tout à fait les siens.

*
* *

Ulysse se réveilla à six heures et demie. Il était impatient d'aller au collège. Pas pour les cours ! Pour retrouver Sam. Avait-il eu l'I.P. ? C'est toujours quand on est pressé que les autres font exprès de traîner. Alix n'en finissait pas de finir ses céréales et Marie-Beth ne décollait pas de la cage de l'écureuil. Ulysse bouillonnait et devait se contenir. Pas question d'expliquer ce qu'il complotait avec Sam. Si ça se savait... Ils étaient bons pour la prison. Mettait-on vraiment les garçons de son âge en prison ? Il n'avait pas envie de le découvrir. Sido l'attendait dans l'entrée, sa laisse entre les dents. Il avait failli oublier de sortir le chien avec tout ça !

Ulysse entraîna Sido au pas de course autour du pâté de maisons. Sido était très heureux avec lui car il était le seul à le faire courir dans le parc. Mais, ce jour-là, Ulysse n'avait pas l'intention de perdre du temps. Sido lui jeta un regard implorant.

– Désolé, vieux, dit Ulysse. Pas aujourd'hui ! Pipi et on rentre !

Sido leva la patte mais le cœur n'y était pas.

– Déjà ? remarqua maman quand ils rentrèrent.

Ulysse se mordit la lèvre inférieure et eut une brusque illumination.

– Ben... Avec cette histoire de pièges dans le parc, je ne sais pas si c'est prudent de lâcher Sido.

Sa mère approuva. Et, enfin, Alix était prête.

– À tout à l'heure, Rémi ! dit Marie-Beth à l'écureuil.

Ulysse ouvrit des yeux ronds. Sa petite sœur avait baptisé la bestiole ! Ça allait être difficile de s'en débarrasser à présent. Et puis, après tout, ça lui était égal. C'était le problème de leur mère ! Qui, à cet instant précis, avait un autre souci en tête... Puisque la police se moquait des pièges, elle allait s'en occuper. Elle allait d'abord en parler à l'Association des Résidents du Lotissement, organiser des rondes dans le parc pour enlever tous les pièges et poser des affiches partout. Elle était toujours la première à partir en croisade, au grand désespoir de son mari. Il aimait regarder un bon film à la télé, tranquille dans son fauteuil, et elle aimait par-dessus tout refaire le monde ou, à défaut, le quartier.

*
* *

Le sourire sur le visage de Sam en disait plus qu'un long discours. Non seulement il avait eu l'I.P. grâce au Grand Hacker, mais il avait déjà piraté le programme. Ce qui expliquait qu'il était arrivé en retard au cours de français.

– C'est dans la boîte... souffla-t-il en s'asseyant près d'Ulysse. Mais j'espère que tu sais quoi en faire, maintenant !

– Monsieur Samuel Delagan, dit le prof de français, le cours est commencé depuis dix minutes, alors vous pourriez au moins vous installer en silence !

– Je m'excuse, monsieur.

Le prof haussa les épaules. Sam faisait partie de ce genre d'élèves à qui il passait beaucoup de choses. Parce qu'il était intelligent, travailleur et... actif en classe, ce qui devenait une rareté aux yeux de la plupart des ses professeurs.

À la fin du cours, Ulysse et Sam eurent une conversation à voix basse, comme deux conspirateurs. Ulysse n'était vraiment pas à l'aise dans la peau d'un criminel.

– On ne risque pas grand-chose, le rassura Sam. Personne ne peut nous retrouver. On ne sait même pas ce que nous avons fait !

– Et le Grand Hacker ? Il pourrait nous dénoncer !

– T'es pas un peu dingue ? Jamais il ne ferait ça, il se mettrait lui-même la corde au cou !

– Mais Centurion vaut trente mille dollars... c'est du vol, non ?

– Ça, t'as raison... Un programme où il n'y a rien, à ce prix-là, c'est sûrement du vol ! ricana Sam.

– Ne fais pas semblant de ne pas comprendre... T'as regardé, hein ?

– Ben, justement... dit Sam, plus sérieusement. Tu sais ce que c'est, ton Centurion ? C'est un programme qu'il faut entièrement faire ! C'est que du vide, tu piges ? Rien, nada, zéro, que dalle...

– Tout est là, justement, répondit Ulysse. Il faut l'éduquer, le nourrir et il grandira. Après, il fera les choses tout seul. Comme un enfant qui devient adulte. C'est là où c'est génial, vieux.

– Je crois que je ne saisis pas trop... remarqua Sam. Comment tu vas t'y prendre ?

– Ben... On va le gaver de tous les programmes qu'on a sous la main.

– Tu veux dire les dictionnaires, les encyclopédies ?

– Ouais... Tous les trucs éducatifs... Et moi.

– Et toi ?

– Oui, il faut établir une communication directe et rapide et ça, je sais qu'on peut le faire avec ton système vocal.

Sam se gratta la tête. Son ordinateur était équipé d'une sonorisation sophistiquée, un système professionnel installé par son père. L'ordinateur parlait, ou plus exactement une voix synthétique lisait ce que l'écran affichait. On pouvait également s'adresser à l'ordinateur par l'intermédiaire d'un micro au lieu de taper sur le clavier. Mais ça tenait du gadget et, jusqu'à présent, Sam n'en avait pas vraiment trouvé l'application. Évidemment, ça n'avait aucune utilité pour jouer à Tomb Raider.

– Et tu crois que... que tu vas pouvoir dialoguer avec Centurion comme si c'était... une personne ? demanda Sam.

– Pas une personne, répondit Ulysse. Mais une forme de dialogue, oui... Le principe de Centurion, c'est qu'il développe sa propre pensée, il est à même de poser des questions ou de les résoudre par la réflexion. Mon travail, heu... notre travail, c'est de l'orienter dans la direction que nous jugeons être la bonne. S'il y a mille utilisateurs de Centurion, il y aura mille Centurions différents parce que chaque utilisateur aura ses priorités. Comme les parents, tu vois. Personne n'a les mêmes parents, alors on est tous éduqués d'une manière différente.

– D'accord, dit Sam. Tu t'occupes des dictionnaires, je lui apprendrai Doom II !

Ulysse soupira. Centurion allait avoir une drôle d'éducation…

*
* *

Pendant que ses enfants étaient à l'école et son mari au travail, Sophie Laverne… collait des affiches dans le parc. Pas question de laisser un malade mental poser des pièges qui pourraient blesser des enfants. Elle savait que Marie-Beth, par exemple, ne restait pas sur les chemins et aimait se glisser dans les fourrés avec Sido. Même si elle n'avait pas le droit de se promener dans le parc toute seule, le danger existait. Et puis, il y avait les enfants des autres. Et l'idée que Sido pourrait se retrouver étranglé par un fil de fer ne lui plaisait pas non plus. Qu'elle mette la main sur ce sale type, tiens… Elle lui ferait passer l'envie de meurtrir de pauvres animaux inoffensifs.

Tout en collant ses affiches, elle regardait attentivement du côté des arbres. Si jamais elle apercevait un piège, elle pourrait l'enlever. Mais le parc était grand. Il lui faudrait l'aide des gens de l'Association pour ratisser efficacement. Et là-bas... Elle plissa les paupières. Elle était un peu myope et ne portait jamais ses lunettes. Pas par souci de coquetterie mais parce qu'elle avait un très petit nez et que les lunettes glissaient tout le temps. Elle quitta le sentier pavé et s'approcha d'un bouquet d'arbustes nouvellement plantés.

Sur la terre humide, il y avait le cadavre d'un chat. Elle eut un haut-le-cœur. La bête était éventrée, les boyaux sortaient des entrailles. Elle était couverte d'insectes fossoyeurs. Elle se força à examiner le corps malgré sa répulsion. Elle ne vit pas de fil de fer, aucune trace de strangulation... Après tout, les chats mouraient aussi de cause naturelle même s'ils avaient neuf vies. Elle se détourna et reprit le chemin de la maison. Les enfants devaient être rentrés.

Ce que Sophie Laverne ignorait, c'était que le chat n'était pas mort d'une manière naturelle... Et que le poseur de pièges n'était pas la seule menace qui pesait sur les environs. Mais qui aurait pu deviner qu'une chose inconnue rôdait dans le parc ? Une chose sans nom, une chose indescriptible venue d'on ne sait où, un parasite meurtrier qui dévorait ses hôtes de l'intérieur.

Et qui, en attendant mieux, avait élu domicile dans un autre de ces animaux que les hommes appelaient chats.

Cela observa Sophie Laverne qui s'éloignait. Bientôt, *Cela* serait en mesure d'entrer dans l'un de ces êtres à deux pattes. *Cela* les sentait doués d'une intelligence différente des autres créatures terrestres. *Cela* apprendrait beaucoup d'une cohabitation avec ces êtres-là. Si seulement *Cela* pouvait les garder assez longtemps en vie…

Mais, pour l'instant, *Cela* ne pouvait pas savoir que, quelque part dans l'ordinateur de Sam, Centurion apprenait, lui aussi.

CHAPITRE 3

Marie-Beth passa la tête par la porte de la chambre. Alix était à son bureau en train de réviser sa géographie.

– Eh ! Tu sais quoi, Alix ? Môssieur et Madame Classieux viennent dîner, ce soir !

– Génial, répondit Alix sans lever la tête.

Marie-Beth haussa les épaules. Sa grande sœur n'était vraiment pas marrante. Elle décida alors d'essayer avec Ulysse. Qui n'était pas dans sa chambre. Il ne restait plus que Sido.

– Allez, viens, Vieille Chaussette, on va faire un tour.

Elle dévala les escaliers, suivie de près par Sido.

– M'man ! Je sors le chien le plus bête à l'est du Pécos !

– Marie-Beth ! Viens ici.

Marie-Beth entra dans la cuisine. Sa mère avait de la farine jusque dans les cheveux. Elle n'avait jamais réussi à faire une quiche lorraine sans en mettre partout.

– Cocotte, ne va pas dans le parc.

– Non, maman.

– Va plutôt chez les Delagan récupérer ton frère avant que je ne perde patience. Et tu lui dis bien que s'il n'est pas là dans le quart d'heure qui suit, j'irai moi-même le chercher par la peau des fesses !

Marie-Beth se mit à rire : elle aimerait voir ça ! Sophie regarda sa petite fille mettre son imper orange et sourit. Marie-Beth était un cadeau du ciel.

Toujours gaie et si drôle, c'était encore son bébé. Sophie soupira. Les enfants grandissent trop vite.

Le pavillon des Delagan n'était qu'à un pâté de maisons de chez eux. Marie-Beth y alla directement. Ce n'était pas tous les jours qu'elle avait l'occasion de s'y rendre. Ulysse serait furieux de voir débarquer sa petite sœur mais il ne pourrait rien lui reprocher puisqu'elle était en service commandé. Elle savait qu'Ulysse serait avec Sam dans la remise. L'endroit la fascinait. Elle n'avait pas le droit d'y entrer, bien sûr. Elle en avait donc très très envie…

Elle ralentit le pas. Si elle entrait tout de suite, les

garçons ne lui laisseraient pas le temps de regarder. Alors... Elle attacha la laisse de Sido à la grille et se faufila dans le jardin des Delagan. Elle longea le mur de la remise jusqu'à la fenêtre. Elle jeta un coup d'œil prudent. Les deux garçons lui tournaient le dos, occupés par l'ordinateur. Par la fenêtre entrebâillée (elle ne fermait plus depuis longtemps), elle les écouta parler.

– T'es branché, dit Sam.

Ulysse se racla la gorge et approcha la bouche du micro.

– Bonjour, Centurion. Je m'appelle Ulysse.

– Ici, Centurion. Il est six heures vingt-sept minutes trente-trois secondes.

Marie-Beth étouffa une exclamation de surprise. Elle n'avait jamais entendu parler un ordinateur ! Sa voix était métallique et assez lente mais très distincte.

Ulysse posa la main sur le micro.

– Et qu'est-ce que je dis, maintenant ? souffla-t-il.

– Ça, c'est ton problème ! répondit Sam.

– Heu, bon... Ici, Ulysse. Centurion, as-tu bien reçu l'*Encyclopædia Universalis* ?

– Commande non accessible.

Sam poussa Ulysse pour s'asseoir à sa place.

– T'es con ! Centurion, ici Sam. Ouvre le fichier « encyclopédies et dictionnaires ».

– Fichier ouvert.

– Recherche de « *Encyclopædia Universalis* ».

– *Encyclopædia Universalis* accessible.

– Bien… Vérification du contenu. Heu… Cherche à… « France ».

L'écran afficha le paragraphe « France ».

– Voilà, dit Sam… Tout est en ordre. Bon, maintenant, ouvre à « jeux ».

– Ah non ! protesta Ulysse. Tu ne vas pas te mettre à jouer !

– Je vérifie, c'est tout, répondit Sam. Centurion prend toute la place, il a bien fallu que je rentre mes jeux dedans !

– Fichier ouvert, dit Centurion.

Ulysse regarda défiler la longue liste des jeux vidéo de Sam. Il n'avait pas imaginé les choses comme ça. Pour lui, Centurion n'était pas un programme comme les autres et il s'était pris à rêver d'un dialogue réel. Et voilà qu'il se retrouvait avec un fichu programme qui ne parlait que la langue des ordinateurs ! C'était horriblement décevant.

– Je crois qu'on ne s'y prend pas bien… remarqua-t-il. Il doit y avoir un moyen… Centurion ! Ouvre le fichier « commandes et services » !

– J'ai déjà essayé ça, dit Sam. C'est un charabia de professionnel. Rendons-nous à l'évidence, vieux. Centurion n'est pas fait pour les garçons de douze ans ! On peut le gaver de tous les programmes qu'on veut mais on ne saura jamais comment le faire penser !

Ulysse se frotta les paupières. Sam avait raison. Les commandes de Centurion étaient si compliquées qu'il ne pourrait jamais rien y comprendre.

– Zut… Et rezut ! Ma mère va me tuer ! s'écria Ulysse. Je me tire, Sam. À plus !

Ulysse sortit en courant sans apercevoir Marie-Beth ni, fort heureusement, le pauvre Sido attaché à la grille. Sam ferma le fichier « commandes » et mit l'ordinateur en veilleuse. Il avait faim, aussi quitta-t-il la remise pour aller dévaliser le frigo.

Marie-Beth hésitait. Elle était tiraillée entre l'envie de pénétrer dans la remise et la raison qui lui disait de partir au plus vite. Elle entra.

– Bonjour, Centurion.

Elle vit que l'écran n'était plus qu'un aquarium avec des poissons de toutes les couleurs. Sur l'ordinateur d'Ulysse, c'étaient des oiseaux. Cela signifiait que l'ordinateur était en veille et elle le savait. Elle s'approcha du clavier et tapa une lettre au hasard pour réactiver le programme.

– Ici, Centurion.

Marie-Beth poussa un petit cri de joie. Ça marchait !

– Ici, Marie-Beth.

– Marie-Beth non listée.

– Heu, quoi ? C'est quoi, non listée ?

– Programmateurs listés : Sam et Ulysse.

– Ah ! Ben... Programmateur listé : Marie-Beth.

– Commande non accessible.

– Comment je fais, alors ?

– Entrer « aide ».

Marie-Beth examina le clavier et ne trouva rien avec « aide » dessus.

– Où est la commande « aide » ?

– Entrer F4, sélectionner « fichier », sélectionner « aide ».

– Merci, Centurion.

– « Merci » non accessible.

Marie-Beth fit la grimace. Elle allait la retenir, celle-là, la prochaine fois qu'elle devrait dire merci et qu'elle n'en aurait pas envie.

– Bon, tiens... F4 machin chose... Aide... Programmation des utilisateurs. Marie-Beth, listée !

– Marie-Beth acceptée.

– T'as pas un programme de dictionnaire où c'est expliqué « merci » ? demanda-t-elle.

– Merci, nom féminin, du latin *merces, mercedis*, salaire. Miséricorde, grâce : *implorer merci. Sans merci*, sans pitié. *Dieu merci*, grâce à Dieu, heureusement. *À la merci de*, locution…

– Ça suffit ! Tu vois que « merci » est accessible !

– Centurion entre « merci ».

Marie-Beth se gratta la tête et réfléchit. Elle comprit brusquement ce que les deux garçons n'avaient pas compris. Centurion avait accès à tous les programmes qu'on lui avait donnés mais il ignorait qu'ils étaient à son usage.

– Centurion, entre tous les fichiers.

– Fichiers entrés. Bonjour, Marie-Beth.

– Bonjour, Centurion. Alors, maintenant, tu sais ce que veut dire « bonjour ».

– Bonjour, nom masculin, terme de salutation dont on se sert pendant la journée.

– Non, non, Centurion ! Je ne te demande pas de m'expliquer ! C'est pour toi ! C'est à toi de te servir du dictionnaire.

– Quelle utilisation ?

– Mais… Chais pas, moi… À quoi tu sers, d'abord ?

– Centurion, programme intelligent.

– Ben, pas tant que ça… sans vouloir te vexer…

– Vexer, verbe transitif… du latin *vexare*, tourmenter. Contrarier, faire de la peine à…

– Ça va pas recommencer !

– Demande d'information.

– Que ? Quoi ?

– Que signifie : « faire de la peine à » ?

Marie-Beth ouvrit la bouche et la referma.

– C'est… oh là là… C'est un sentiment. Quelque chose que les humains ressentent mais pas les ordinateurs… Enfin, je crois…

– Sentiment, nom masculin, de sentir, manière de penser…

– Non, pas ça… regarde plus loin.

– Disposition à être facilement ému, touché, agir par sentiment plus que par réflexion. Affection, tendresse, montrer les sentiments d'un père… Centurion pense mais ne ressent pas. Pourquoi ?

– Parce que t'es une machine, pas une personne. Et… Il faut que je m'en aille parce que ma mère va me passer un savon. Heu… Ça veut dire qu'elle ne va pas être contente parce que je suis en retard.

– Demande d'information.

– Oui, mais vite !

– Marie-Beth, mère de Centurion ?

Marie-Beth se mit à rire. Jusqu'à présent, elle n'avait joué à la maman qu'avec ses poupées.

– C'est ça ! dit-elle. Tu peux m'appeler maman ! Au revoir, Centurion.

– Au revoir, maman.

Marie-Beth remit l'ordinateur en veille. Si jamais les garçons avaient la moindre idée de ce qu'elle venait de faire, ils la pendraient haut et court.

*

* *

Grâce à l'alibi Sido, Marie-Beth ne fut pas grondée malgré l'heure tardive. Sa mère ne lui posa aucune question sur le fait qu'Ulysse était rentré bien avant elle. Elle supposa tout simplement que la petite fille avait continué la promenade du chien.

M. et Mme de La Chasse n'amusèrent pas Marie-Beth autant qu'à l'accoutumée. Et même le « c'est claassieux » ne lui arracha qu'un sourire distrait. Elle ne pensait qu'à Centurion. Comment faire pour reprendre ses conversations avec le programme sans se faire pincer par Sam ? En écoutant d'une oreille Alix parler de ses bonnes notes, Marie-Beth eut une illumination. Elle finissait l'école à quatre heures et demie alors que les garçons restaient au collège bien après ! Et même jusqu'à six heures, le mardi et le vendredi. Tout ce qu'elle avait à faire, c'était de sortir le chien en arrivant et… ni vue ni connue !

– Je peux aller dire bonne nuit à Rémi ? demanda Marie-Beth.

– Oui mais tu vas te coucher tout de suite après, répondit maman. Il est déjà très tard.

– Quand est-ce qu'on va se débarrasser de cet écureuil ? dit papa.

– Bientôt, chéri, bientôt… Ah, je ne t'ai pas dit ! J'ai collé des affiches dans le parc, cet après-midi. Vous vous rendez compte que quelqu'un pose des pièges dans le parc où jouent nos enfants ?

– Quel scandaaaale ! dit Mme de La Chasse. Il y a des détraqués partout, de nos jours ! Tenez, moi, la semaine dernière, je prends la Mercedes et vous savez quoi ? On avait rayé tout le côté droit ! Quel scandaaaale ! Ça va nous coûter une fortune de refaire la peinture !

Sophie s'abstint de tout commentaire. Mme de La Chasse n'était pas à même de faire la différence entre la peinture de sa Mercedes et la vie d'un enfant.

Il n'y avait pas que Marie-Beth qui pensait à Centurion. Ulysse, toujours sous le coup de sa déception, réfléchissait au moyen de lancer réellement le programme. Il ignorait que sa petite sœur de neuf ans avait résolu le problème à sa place !

En se lavant les dents, Ulysse décida de demander à Sam l'aide du Grand Hacker. S'il était vraiment si grand que ça, il devrait trouver la solution. Ou aller la pirater quelque part... Ulysse n'était toujours pas à son aise avec cette histoire de piratage. Il observa son visage dans le miroir. Est-ce qu'on pouvait lire « criminel » dans ses yeux ? S'il continuait à promener ce regard coupable, probablement. Risquer la prison pour un programme qui n'était rien de plus qu'un répertoire encyclopédique, ça ne valait pas le coup... Ulysse tira la langue à son image dans le miroir et alla se coucher.

*
* *

– J'ai soif !

– Et moi, tu crois pas que j'aie soif ?

René remua dans les cartons détrempés. L'automne n'était pas clément, cette année, pour les clochards. Et bientôt, l'hiver serait là. Roger, son vieux pote, se réfugiait dans les foyers dès qu'il faisait froid. Mais René détestait les foyers. D'abord, on vous obligeait à prendre une douche. Et puis, les autres clodos étaient des sales voleurs. On lui avait piqué un manteau, un beau manteau presque pas déchiré. Alors, depuis, il refusait d'y retourner. Il préférait encore crever de froid.

– J'ai soif, répéta Roger.

– Oh, tu m'emmerdes ! répondit René en se levant.

– Ben, où tu vas ?

– J'ai des crampes ! Et pis, tu m'emmerdes ! Je vais faire un tour dans le parc.

Roger grogna et se retourna dans les cartons.

– J'ai soif, quand même…

René haussa les épaules. Il se serait bien enfilé un bon coup de gnole dans le gosier, lui aussi. Mais quand y a pas, y a pas. Faut faire avec. Ou plutôt, faut faire sans…

René aimait bien le parc. Surtout les jours d'été. Il regardait jouer et rire les enfants dans le bac à sable. Il les consolait quand ils prenaient une gamelle. Enfin, si les mères ne lui sautaient pas sur le poil dès qu'il disait un mot aux mômes… Les gens ne sont pas toujours gentils. Oh, il les comprenait, les mamans. Vu son allure, elles se méfiaient. Mais jamais il n'aurait fait de mal à un gosse. Et même soûl, il n'était pas agressif. La boisson le rendait somnolent. Et puis, il y avait parfois quelqu'un pour lui rendre son sourire et ça faisait chaud au cœur. La plupart du temps, on se contentait de l'ignorer.

Les allées du parc étaient désertes à cette heure tardive. René s'assit sur un banc. Il se sentait un peu triste. Et seul, tout d'un coup. Il ferait mieux de rejoindre Roger.

Tiens, un chat... Pas une rareté, il y en avait plein dans le coin. Mais celui-là avait une curieuse façon de marcher. Il titubait. Peut-être qu'il avait trouvé une bouteille de pinard ! L'idée le fit rire. Puis, il pensa que la bête devait être malade. Et ça, ce n'était pas drôle. Pauvre chat... Seul et abandonné, comme lui...

– Petit, petit... Viens, minou, minou !

Le chat s'arrêta dans l'allée. Il fixait René de ses pupilles dilatées.

« Quel drôle de regard ont les chats... » se dit René.

*
* *

– J'ai soif...

Roger n'arrivait pas à se rendormir. Un bruit dans l'impasse le fit se redresser. La silhouette de René se découpa dans la lumière du réverbère.

– Finie ta promenade ?

René ne répondit pas. Roger le vit élever les mains et agiter les doigts. Il devenait maboul, le vieux. Le voilà qu'il soulevait un pied après l'autre, sur place.

– T'es pas bien ? demanda Roger.

René ouvrit la bouche. Il en sortit de la bave et une espèce de... miaulement.

– Qu'est-ce t'as ? s'inquiéta Roger. Tu sais plus parler, maintenant ?

Roger était plus proche de la vérité qu'il ne le croyait.

Cela ne savait pas comment parler.

Pour le moment, *Cela* expérimentait les limites de l'être humain. Il ne pouvait pas voler comme le hibou ! Il ne pouvait pas bondir en silence comme le chat ni même glisser sur un tronc d'arbre comme la limace... Pourtant, cette créature-là offrait une résistance sans comparaison. *Cela* l'avait éprouvée en envahissant le corps. *Cela* n'arrivait pas encore à contrôler ce cerveau. *Cela* avait voulu lui imposer de rester dans le parc. Mais son hôte était revenu sur ses pas. La force de l'habitude. Ou plus simplement, la mémoire. Cette mémoire que les cellules de *Cela* commençaient lentement à pénétrer. Localiser le centre de la parole... *Cela* ne pouvait pas encore comprendre que les mots avaient un sens.

– Quel... drôle... de... regard... ont... les... chats...

– Pt'êt ben, répondit Roger en se recouchant. Mais ce que j'ai soif!

CHAPITRE 4

Ulysse profita que sa mère rangeait la vaisselle de la veille pour filer en douce. Autrement, elle l'aurait intercepté et lui aurait posé le genre de questions que les parents adorent vous poser : « Est-ce que tu as des devoirs à faire pour lundi ? T'as pas une interrogation d'histoire à préparer ? Et si tu révisais un peu tes maths, ce week-end ? » Ce n'était même pas la peine d'essayer d'expliquer que l'informatique, c'était l'avenir. Maman n'en avait rien à faire...

Si Sophie Laverne n'avait pas vu Ulysse partir, cela n'échappa pas à sa petite sœur. Marie-Beth réveilla Sido qui somnolait sous le fauteuil, comme un bienheureux (qu'il était...).

– Amène-toi, Sac-à-puces ! Maman, maman ! Sido tourne en rond dans le salon, je crois qu'il a une envie pressante ! Très pressante !

– Oh, flûte... répondit sa mère. Dis à ton frère de s'en occuper !

Marie-Beth, la laisse à la main, fit une brève apparition sur le seuil de la cuisine.

– Fait beau, maman, je peux y aller… Je promets de ne pas aller dans le parc.

Sophie était trop occupée pour lui prêter beaucoup d'attention. Elle voulait en finir au plus vite pour se rendre au siège de l'Association des Résidents.

– Bon, si tu y tiens… Mais je trouve qu'Alix ne fait pas souvent sa part du travail, ces temps-ci !

– C'est à cause du collège, dit Marie-Beth. C'est que c'est dur, la troisième…

Sophie rit d'entendre son bébé parler comme sa grande sœur. Marie-Beth traîna Sido qui aurait préféré continuer sa sieste. Ulysse était parti rejoindre Sam pour jouer avec Centurion, elle en était sûre. Elle allait les espionner.

– Faut que tu te tiennes tranquille, Vieille Chaussette. Je suis désolée de t'attacher à la grille… Sois sage.

Sido leva un regard implorant puis se coucha sur le trottoir et décida de finir son petit somme. Marie-Beth entra dans le jardin des Delagan. C'était plus excitant que de rester planter devant la télé.

Sam était au milieu d'une partie de Mortal Kombat quand Ulysse était arrivé. Ulysse essaya de protester. Mais Sam était chez lui, c'était son ordinateur et il avait envie d'éclater la tronche à quelques vilains. Ulysse attendit que Sam termine le nettoyage.

– T'as une idée pour démarrer ton foutu programme ? demanda Sam.

– Non. Réessayons.

Sam le brancha sur micro.

– Centurion, ici Ulysse.

– Bonjour, Ulysse. Demande d'information.

Sam sursauta. Voilà qui était nouveau.

– Accepté ? dit Ulysse, pas trop sûr de la bonne formulation.

– Quelle est l'utilisation de Mortal Kombat ?

– C'est un jeu, répondit Ulysse. Le but c'est de gagner.

– Pourquoi ?

Ulysse se tourna vers Sam car il ne savait pas comment expliquer.

– Mais je... parce que c'est amusant ! C'est la fonction de tous les jeux. C'est une distraction, voilà.

– Centurion veut jouer.

– Génial ! s'écria Sam. Tu piges, vieux ? Il prend des initiatives, maintenant ! Centurion, tu as l'autorisation de jouer !

Il se passa alors une chose incroyable. Sur l'écran

de l'ordinateur, tous les jeux se mirent à défiler à une vitesse telle que l'on avait à peine le temps de les identifier. Et pourtant, Centurion ne se contentait pas de vérifier leurs contenus. Il jouait. Et il gagnait toutes les parties à tous les niveaux de difficulté.

– C'est dingue... murmura Sam.

Les images accélérées disparurent brusquement.

– Centurion a gagné.

– Heu... oui, répondit Ulysse. Qu'est-ce que tu en penses ?

– Demande d'information. Personnages programmés détruits par Centurion, sont-ils vexés, contrariés, ont-ils de la peine ?

– Quoi ? dit Ulysse. Mais... non, voyons ! Ils n'existent pas ! Enfin, si... mais ils ne ressentent rien, tu viens de le dire toi-même, ce ne sont que des programmes, ils n'ont pas de vie réelle !

– Vie, nom féminin du latin *vita*, résultat du jeu des organes, concourant au développement et à la conservation du sujet. Programme Mortal Kombat, résultat du jeu des organes, nom masculin, technologie, pièce élémentaire de machine, destinée à remplir une fonction déterminée, concourant adjectif, qui converge vers un même but, développement, nom masculin, action de développer, son résultat, déroulement, conservation, nom féminin, action de conserver, sujet nom masculin, mot ou groupe de mots représentant la personne ou la chose dont le verbe exprime l'état ou l'action. Mortal Kombat est un jeu de pièces élémentaires de machine dont le but est de dérouler et conserver les choses qui le composent. Mortal Kombat est donc en vie.

– J'ai rien compris ! gémit Ulysse.

Sam saisit le micro.

– Attends ! Centurion, la vie c'est autre chose que ça... La vie, c'est nous... Les utilisateurs. Toi, tu es une machine. Comme Mortal Kombat. Les machines n'ont pas de sentiments, elles ne sont pas en vie. Elles existent, c'est tout. Mais ce sont les hommes qui les ont inventées. Je crois que... que tu ne peux pas comprendre...

– Sentiment, nom masculin, disposition à être facilement ému, touché.

– Heu, ouais, c'est ça... Tu ne peux pas avoir de sentiments.

– Information déjà donnée par maman.

– C'est quoi, ce délire ?

– Chais pas, répondit Ulysse. Peut-être que c'est le nom de l'inventeur du programme.

– Maman ? Ça va pas, non ?

– Ben, pourquoi pas ? Y en a bien qui se font appeler le Grand Hacker !

À ça, Sam n'avait rien à répondre. Il ne vint à l'idée ni de l'un ni de l'autre de demander l'explication à Centurion. Au grand soulagement de Marie-Beth qui espionnait par la fenêtre...

*
* *

Roger avait essayé en vain de réveiller René. Puis il était allé faire la manche tout seul au centre commercial. C'était le côté pratique du supermarché : il pouvait gagner de l'argent et le dépenser au même endroit.

Cela n'avait pas encore assimilé les habitudes diurnes de son hôte. Le hibou et le chat dormaient le jour. L'endormissement avait de curieuses conséquences. *Cela* en ressentait les effets et ne pouvait pas les combattre. Et René rêvait... *Cela* ne comprenait pas ces images qui défilaient dans le cerveau. Dans le même temps, *Cela* s'assoupissait. Le sommeil fut le plus fort.

René se mit à rêver qu'il avait des ailes et volait dans le parc...

Une main le secoua énergiquement. René ouvrit les yeux.

– Ah bah, quand même ! s'écria Roger. Tiens, regarde un peu !

Roger exhiba une bouteille déjà bien entamée.

– Un petit coup, camarade ?

– Un... petit... coup... camarade...

René regardait fixement Roger et la bouteille. Roger s'en servit une bonne rasade. Lentement, René prit la bouteille, la porta à sa bouche et but comme Roger venait de le faire.

– 'fait du bien par où ça passe, hein ? dit Roger.

Cela étudia la sensation chaude du liquide qui glissait dans l'œsophage. *Cela* commanda à la main de verser à nouveau.

– Hé ! Doucement, René ! C'est à moi !

Roger voulut reprendre la bouteille de force. René résista puis le poussa violemment. Roger perdit l'équilibre et tomba à la renverse. René continua de boire.

– Mais t'es fou ! Ma bouteille !

Tout le vin passa dans le gosier de René. Furieux, Roger se releva et empoigna René par le pan de son manteau.

– Espèce de... de...

Cela planta ses ongles dans les yeux du clochard comme le hibou le faisait avec ses serres. *Cela* mordit dans la gorge comme le chat attrapait ses proies.

Ne jamais desserrer l'étreinte jusqu'à la mort… Roger tenta vainement de se défendre. Le sang jaillit de la veine jugulaire en gros bouillons. Quelques secondes d'agonie… *Cela* relâcha le corps puis observa le cadavre ensanglanté.

Puis *Cela* fit ce qu'il avait appris de ses hôtes précédents. *Cela* dévora sa proie.

*
* *

Sophie Laverne se pressait au retour de sa réunion de quartier. Elle était assez satisfaite. Tel un général, elle avait bien mobilisé ses troupes. Elle avait organisé les rondes dans le parc pour rechercher et détruire les pièges. Elle avait même persuadé M. Barrais de soulever le problème au conseil municipal. Il en était membre mais n'y disait jamais rien, de peur de se faire remarquer! Tiens, elle devrait se présenter…

Garées devant l'impasse, il y avait une voiture de police et une ambulance. Sophie s'approcha. Un policier tout vert surgit brusquement et vomit dans le caniveau.

– Ça ne va pas? lui demanda-t-elle.

Le policier s'essuya la bouche avec son mouchoir.

– N'allez pas plus loin, ma petite dame…

S'il n'avait pas eu l'air aussi mal en point, Sophie lui aurait rétorqué qu'elle n'était pas sa petite dame.

– Que se passe-t-il, ici ?

– Un clodo… Merde ! J'ai jamais vu un truc pareil !

– Vu quoi ?

– Il lui manque la moitié du visage et… et… on dirait qu'une bête… qu'on l'a mangé en partie !

– Agent Dubois !

De l'entrée de l'impasse, le lieutenant de police Crémer rappela à nouveau l'agent.

– Vous n'êtes pas supposé raconter tout et n'importe quoi aux gens qui passent !

Sophie s'avança résolument.

– Monsieur, j'habite dans ce quartier et je suis la présidente de l'Association des Résidents du Lotissement. Je pense donc que je suis en droit d'être informée !

– Je sais parfaitement qui vous êtes, répondit le lieutenant. Vous m'avez traité de « fonctionnaire », il n'y a pas si longtemps ! Et puisque vous voulez tellement savoir…

Il l'empoigna par le bras et la conduisit dans

l'impasse. Les ambulanciers étaient en train de déposer le cadavre sur une civière. Sophie cligna des paupières plusieurs fois mais la vision ne disparut pas.

Dans la moitié du visage qui lui restait, l'œil de Roger était grand ouvert, figé à jamais dans une expression de terreur pure. Les vêtements en lambeaux laissaient apparaître la chair à vif, les entrailles qui sortaient d'un trou béant. Il n'y avait plus de cœur, ni de foie.

– Regardez ça, lieutenant, dit le médecin légiste. La peau est arrachée tout autour du cou. Comme si… comme si on avait léché jusqu'à ce qu'elle se détache !

Le lieutenant ne répondit pas et entraîna Sophie hors de l'impasse.

– Je m'excuse, madame Laverne, dit-il. Je n'aurais pas dû… Je suis désolé.

Sophie dégagea son bras et regarda son interlocuteur.

– Vous vouliez vous venger ? demanda-t-elle. Vous espériez que j'allais m'évanouir sans doute ? Eh bien, lieutenant ! Il faut croire que nous autres, les faibles femmes, sommes plus résistantes que vos agents ! Maintenant, j'aimerais bien avoir une explication ! Que s'est-il passé, à votre avis ?

– Je l'ignore, madame Laverne. Il faut attendre les résultats de l'autopsie.

– Je vous ai averti qu'un dingue posait des pièges et vous ne m'avez pas écoutée, répondit Sophie. Et vous voilà avec un cadavre sur les bras, lieutenant. Vous ne voyez peut-être pas le rapport mais moi, si. Il y a un fou dans le quartier et il nous menace tous.

Elle s'éloigna la tête haute. Tout ce qu'elle espérait, à cet instant précis, c'était arriver jusqu'à la maison sans s'effondrer sur le trottoir. Elle n'allait sûrement pas offrir à ce petit lieutenant le plaisir de la voir défaillir...

Elle poussa la porte de la maison avec soulagement. Sido, qui ronflait dans l'entrée, releva la tête en l'entendant. Elle tomba à genoux, prit le chien dans ses bras et le serra fort contre elle.

– Mais Sophie, qu'est-ce que tu fais ?

– Oh, Christian, Christian... murmura Sophie. Dis-moi que tu m'aimes...

– Je t'aime, répondit son mari. Lâche ce pauvre chien et viens m'expliquer ce qui se passe...

Sophie pensa qu'elle avait vraiment le meilleur mari du monde.

*

* *

Le repas du samedi soir n'était pas gai, gai… Sophie avait donné des ordres sévères à tout le monde. Pas question d'aller se promener dans le parc sans être accompagné d'au moins un des parents. Interdiction de traîner en sortant le chien, il ferait désormais ses besoins dans le caniveau devant la fenêtre de la cuisine pour qu'elle puisse surveiller. Et pas de petites récréations informatiques chez Sam !

Ulysse en était malade. Il avait essayé de plaider sa cause, Sam habitait juste à côté et il était assez grand pour se défendre… Mais sa mère lui répliqua que le malheureux clochard était un adulte et qu'il avait été assassiné à trois rues de chez eux ! Christian fit une tentative pour calmer sa famille. La police allait sûrement mettre un terme à tout ça, il suffisait d'être patient et de rester prudent en attendant…

Marie-Beth voyait aussi ses plans s'effondrer. Et comme elle était la plus jeune, maman n'allait pas la lâcher d'un mètre, c'était couru d'avance.

D'ordinaire, Sophie refusait qu'on regarde la télé pendant le dîner. Elle ne voulait pas que ses enfants voient toutes ces horreurs au journal en mangeant. Ce soir-là, elle alluma elle-même le poste pour les informations régionales.

« Horrible fait divers... Un clochard a été retrouvé mort dans une impasse. L'état du cadavre semble indiquer qu'il aurait été en partie dévoré... La préfecture n'a pas fait de déclaration pour l'instant. Les services de police recommandent la plus grande vigilance aux habitants. Que personne ne s'approche d'un chien errant et que toute bête apparemment abandonnée soit immédiatement signalée au commissariat le plus proche. »

– Ça serait un chien ? dit Christian.

Sophie secoua la tête. Un chien n'aurait pas éventré ainsi un cadavre pour lui manger le cœur et le foie. Un chien n'aurait pas léché la peau de cette façon...

– Peut-être une bête enragée, continua Christian. J'ai lu quelque part qu'un animal qui avait la rage adoptait un comportement anormal...

– Quoi que ce soit, ça ne change rien, répondit Sophie. Les consignes seront appliquées, c'est bien compris, jeune homme ? Oui, Ulysse, c'est à toi que je m'adresse !

Ulysse grogna un vague « oui » et plongea le nez dans sa crème caramel. C'est lui qui allait devenir enragé à l'idée que Sam allait s'amuser tout seul avec Centurion !

– C'est pas juste pour Sido, dit Marie-Beth. Il n'a plus droit de se promener, alors ?

– Je viendrai avec toi, répondit maman en souriant. Demain, je te le promets, on fera faire un grand tour à Sido !

– Peut-être… Et si Alix vient avec moi ?

– Pas ces jours-ci, Marie-Beth. On verra plus tard.

– Et pour l'école ? demanda Alix. Tu vas quand même pas nous accompagner ! On aurait l'air de quoi ?

– Je me moque bien de quoi on aura l'air, répliqua maman.

Quand sa mère était dans cet état-là, il était inutile de protester. Aucun d'entre eux ne savait ce que Sophie avait réellement vu. Ils ne pouvaient pas imaginer la peur indicible qui l'avait saisie dans l'impasse et qui, depuis, ne la quittait plus. Jamais elle ne pourrait oublier l'expression de terreur sur le visage à moitié dévoré du clochard.

*
* *

Ulysse dut attendre le lundi matin pour avoir des nouvelles de Centurion. Il n'osait pas en parler au téléphone. Alix avait la fâcheuse manie d'espionner ses appels téléphoniques… Il y avait, aussi, la possibilité de dialoguer sur Internet avec Sam.

Mais, manque de chance, maman était restée sur les nerfs tout le week-end et avait contrôlé son cahier de textes. Comme il avait une fiche de lecture à rendre et qu'il n'avait pas encore ouvert le bouquin, elle lui avait interdit de toucher à son ordinateur.

Ulysse était au moins content d'une chose: il allait pouvoir se vanter que sa mère avait vu le cadavre. C'était quand même pas rien... Tous ses camarades discutaient de l'histoire, dans la cour, quand il arriva. Et, pour une fois, Sam était à l'heure.

– Je rêve ou ta mère vient de vous déposer devant la grille? demanda Sam.

– M'en parle pas! répondit Ulysse. Elle est complètement hystérique! Je te raconterai pourquoi plus tard. T'as fait quelque chose avec Centurion?

– Oh là là! Il m'a soûlé, celui-là, avec ses « demandes d'information »! C'est carrément infernal!

– À propos de quoi?

– Des jeux! Il fait une fixation sur Half-Life. Tu sais, c'est celui dans la base nucléaire où des monstres venus d'un monde parallèle débarquent et tout un commando du gouvernement qui veut te faire la peau, aussi! Après, ça a été Global Domination et j'ai dû lui expliquer ce que c'était que la guerre ! Mais, attends ! C'était pas le pire, encore ! Avec tous ces crétins de jeux qui mettent en scène des morts-vivants et des puissances maléfiques, il a fallu que je lui fasse un cours sur le bien et le mal ! Facile, tiens !

– Je croyais que tu adorais ces jeux-là, remarqua Ulysse.

– Ouais... tant qu'y a rien à expliquer ! Enfin... J'ai cru avoir trouvé une solution pour l'occuper à autre chose... Je l'ai branché sur Internet. Et devine quoi ? Il s'est connecté sur tous les sites qui parlent de jeux ! Hallucinant, non ?

– Non, je pense que c'est logique... répondit Ulysse. Il explore un domaine à fond avant de passer à un autre. Tu l'as laissé branché ?

– Ouais. Je préfère qu'il s'amuse avec ça quand je suis pas là ! J'espère que tu vas prendre la relève pour ses putains de « demandes d'information » !

– Aucune chance avec ma mère, dit Ulysse en soupirant. Ah mais, il faut que je te raconte ça...

CHAPITRE 5

Le rat fila le long du mur et disparut dans un trou. *Cela* était rassasié alors le rat eut la vie sauve… pour l'instant.

Cela s'était retranché en territoire connu. *Cela* n'était pas à l'aise dans les rues encombrées d'êtres debout et de machines bruyantes et incompréhensibles. Donc, *Cela* s'était réfugié dans le parc. Et très exactement, dans les conduits d'égout que le chat lui avait montrés. L'obscurité et le silence étaient des alliés. Par le soupirail, *Cela* pouvait observer les alentours. Peu de gens se promenaient dans les allées par peur d'y rencontrer un « chien enragé ».

Le vin avait produit une sensation que *Cela* assimila au sommeil. Mais c'était le goût du sang de la dernière proie qui restait dans la bouche de son hôte. Pour la première fois depuis que *Cela* avait investi des créatures terrestres, *Cela* éprouvait un sentiment : *Cela* avait aimé la chair humaine.

Et dès que l'hôte ressentirait à nouveau la faim, *Cela* chasserait... l'homme.

*
* *

Sophie Laverne avait déposé Marie-Beth à la maison après la classe. Puis elle était ressortie pour cause de réunion extraordinaire de l'Association des Résidents du Lotissement. Une réunion qu'elle avait, elle-même, provoquée.

Marie-Beth était seule, avec pour consigne de ne pas bouger de là. Elle avait pris un livre de contes qu'elle affectionnait particulièrement car les dessins la faisaient beaucoup rire. Elle lisait, affalée dans le fauteuil de papa. Et puis, une petite voix dans sa tête commença à la tourmenter... «Je suis seule... Maman n'est pas près de revenir et les garçons sont coincés au collège jusqu'à six heures...» Elle essaya de se concentrer sur *Le Bonhomme de pain d'épice*. Même le renard avec son costume jaune et le cochon avec son lorgnon ne réussirent pas à faire taire la petite voix insistante.

Marie-Beth se leva, son livre sous le bras, prit la laisse de Sido et la clé et décida de rendre une visite à un ami... Avec l'illusion que Sido la défendrait contre tous les monstres de la terre.

Marie-Beth entra par la fenêtre dans la remise de Sam. Elle vit tout de suite que Centurion était en activité. L'écran était allumé et un nombre incroyable de choses défilait dessus à toute vitesse. Centurion était branché sur Internet.

– Bonjour, Centurion ! Ici, maman !

L'écran s'arrêta sur une image, celle de John Blade en train de dégommer quelques mutants. Centurion était sur le site d'un fan de *SIN*.

– Bonjour, maman.

– Je t'ai apporté un livre !

– Placer le document sur le scanner, répondit Centurion.

– Ah non, non ! Je vais te lire mon histoire préférée ! Je lis très très bien. L'histoire s'appelle *Boucle d'or et les trois ours.* « Il était une fois trois gentils ours qui vivaient ensemble dans une jolie maison, au fond du bois… »

Centurion écouta toute l'histoire en silence. À la fin, Marie-Beth tourna le livre vers l'écran pour lui montrer les dessins.

– Regarde ça ! C'est à se tordre de rire ! T'as vu quand Boucle d'or se brûle avec la bouillie de papa ours, elle est toute rouge ! Ah bah, non, tu peux pas voir…

– Scanner, dit Centurion.

Centurion dut expliquer le fonctionnement de l'appareil à Marie-Beth qui n'y connaissait rien.

– J'adore, à la fin, quand Boucle d'or s'enfuit avec ses chaussettes qui s'envolent ! C'est marrant, hein ?

Centurion chercha dans son programme de dictionnaire les définitions de marrant, drôle, amusant, faire rire…

– Demande d'information : pourquoi est-ce marrant ?

– Ben… Tu vois, Boucle d'or fait des tas de bêtises, c'est très mal élevé d'entrer chez quelqu'un sans être invité et de toucher à tout…

Marie-Beth s'interrompit. Elle venait de prendre conscience qu'elle était une espèce de Boucle d'or…

– J'aime bien Boucle d'or parce qu'elle fait tout ce qui est interdit mais elle est punie parce que les trois ours lui font très très peur… même s'ils sont gentils mais ça, elle ne le sait pas ! Tu veux que je t'en lise une autre ? Ma deuxième préférée, c'est *La Petite Poule rousse.*

Marie-Beth n'oublia pas de poser le livre sur le scanner pour que Centurion profite des dessins, surtout celui du chat qui bronze sur la pelouse…

– Est-ce que le cochon, le chat et le canard sont punis ? demanda Centurion.

– Ben oui... Ils n'ont pas aidé la petite poule rousse alors tant pis pour eux. Elle mange le pain toute seule parce qu'elle a fait le travail toute seule.

– Est-ce que Legion est puni par Shadow Man ?

– Hein ? C'est quoi ça ?

Centurion se connecta sur Shadow Man, pour que Marie-Beth puisse voir sur l'écran.

– Oh là là, encore une horreur ! soupira Marie-Beth. Centurion, tous ces jeux de monstres, de zombis et de guerriers, ça amuse les garçons mais moi, je trouve que ça craint ! C'est que des histoires de méchants qui font des choses épouvantables ! C'est mal.

– Est-ce que c'est mal de bombarder cinq mille villes, trois cents terrains d'aviation, vingt-deux mille cibles potentielles ?

Centurion se connecta sur Total Air War.

– Écoute, voilà... Tous ces trucs-là, ce sont des jeux. C'est pas pour de vrai. Mais la guerre, elle existe pour de vrai. Et ça, c'est très très mal... Ce qui ne va pas dans ces jeux, c'est que ça donne des idées méchantes. Parce qu'après, y a des gens qui font plus la différence entre le pour de faux des jeux et le pour de vrai de la guerre. Et des fois, il y en a qui prennent des mitraillettes qui sont pas des jouets et qui vont tuer des enfants à la sortie de l'école. Moi, c'est pour ça que j'aime pas ces jeux. Ils peuvent avoir une mauvaise influence sur des gens un peu débiles.

– Centurion a compris l'information. Il y a « pour de faux » et « pour de vrai ». Tomb Raider, pour de faux. La guerre du Golfe, pour de vrai.

Sans en avoir réellement conscience, Marie-Beth venait d'apprendre à Centurion ce que Sam n'avait pas réussi à lui expliquer. Ce qu'était le bien et le mal, la réalité et la fiction. Et tout ça avec l'aide de la petite poule rousse, de Boucle d'or... et de Shadow Man.

*
* *

Le lieutenant Crémer regarda le docteur Bernini.

– Tu peux me répéter ça... lentement ? demanda-t-il.

Le vieux médecin légiste souleva ses lunettes d'un doigt pour se gratter l'œil. Un tic nerveux.

– Je te le dis encore une fois, Patrick. Les marques de dents sont celles d'un homme... sans aucune discussion possible.

– J'ai un cannibale dans mon quartier! Ben, pour mon premier poste, je suis gâté!

– Ça peut te rendre célèbre!

– Il n'est pas question que ça s'ébruite, répondit le lieutenant. Je compte sur toi! Allez, vas-y, donne-moi le topo complet.

Le docteur Bernini ramassa machinalement son calepin. Il n'en avait pas besoin, c'était la procédure, une habitude de trente ans de médecine légale.

– Homme de race blanche, dans la cinquantaine, un mètre quatre-vingts, approximativement soixante-quinze kilos, artères en mauvais état, probablement alcoolique (mais je n'avais pas le foie pour contrôle...), sous-alimenté et anémié... Mort causée par l'ouverture de la veine carotide et une perte de sang abondante... Marques de lacération sur le cou et le corps dues à des ongles bien acérés... Moitié gauche du visage mangée (je vais t'épargner les détails)... Nombreux hématomes, partie supérieure du tronc et cou écorchés vifs (ma seule conclusion possible est que cela a été fait avec une langue... invraisemblable mais pourtant j'ai bien relevé les traces de salive...). Le torse a été ouvert avec les ongles puis la chair a été dévorée pour permettre l'accès au cœur et au foie (je sais, je conclus peut-être un peu vite mais je crois pourtant que c'était le but), le criminel voulait manger les organes susnommés… C'est la seule chose qui ait un sens, dans tout ça…

– Un sens ! s'écria Crémer. Et lequel ?

– Eh bien, dans les tribus anthropophages, on mange le cœur de ses ennemis pour hériter de leurs qualités… Le foie est aussi un organe essentiel. S'il y a une explication à cet acte fou, c'est peut-être celle-là… Ce qui est le plus remarquable, à mon point de vue, c'est qu'à aucun moment, l'agresseur n'a eu recours à un instrument quelconque. Il ne s'est servi que de ses mains, de ses ongles, de ses dents… et même de sa langue ! Et, nom de nom ! pour faire ça à un homme adulte de cette taille et de ce poids, il faut avoir une sacrée force physique ! Car il s'est défendu… brièvement, mais j'ai relevé des particules de peau sous ses ongles…

– On peut identifier le meurtrier à partir de ça ? demanda Crémer.

– Bien sûr. C'est une preuve tout à fait recevable. La salive, aussi… T'as plus qu'à lui mettre la main dessus ! Une idée de l'identité de la victime ? C'était un clochard, de toute évidence.

– Oui. Oh ! L'identification a été facile, il était

connu dans le quartier. Il s'appelait Roger. Il traînait toujours en compagnie d'un autre clodo, un certain René, tout aussi alcoolique que lui... C'est là, le truc... René a disparu de la circulation.

– Tu crois que c'est lui qui l'a bouffé ? Difficile à imaginer !

– Est-ce que le delirium tremens peut provoquer des crises de folie ?

– Ça atteint le cerveau, oui, mais... je ne pense pas que cela décuple les forces, au contraire... Ça les anéantit plutôt... Ton clodo a peut-être disparu pour échapper à l'agresseur.

– Il se cache quelque part, en tout cas... Mais ce que je sais de René ne cadre pas avec un profil d'assassin. Les commerçants disent de lui que c'est un brave type, gentil...

– Ouais... C'est exactement le genre de choses que l'on dit des tueurs en série... Les voisins les trouvent toujours charmants et bien élevés !

– Parle pas de malheurs, soupira Crémer. Pour l'instant, je n'ai qu'une seule victime... Et j'espère bien qu'elle le restera !

Le jeune lieutenant serra la main du docteur Bernini et prit congé. Il avait maintenant une certitude : il fallait à tout prix interroger René. S'il était encore en vie...

*
* *

Ulysse eut une surprise en rentrant du collège. Il avait un message en attente sur son ordinateur. Sur le moment, il pensa que c'était Sam. Il n'y avait personne d'autre pour lui envoyer un e-mail !

Ce n'était pas Sam.

– Ici, Centurion. Demande d'information concernant les guerres puniques, la guerre de Sécession, la guerre de Cent Ans, les deux guerres mondiales, la guerre du Viêt-nam. Liste non exhaustive.

Malgré l'interdiction d'utiliser son ordinateur pendant la semaine, Ulysse se brancha. C'était trop important, tant pis si sa mère le découvrait !

– Centurion, ici Ulysse. Comment as-tu fait pour obtenir mon e-mail ?

– Centurion trouvé fichier correspondant à programmateur Ulysse.

Évidemment. Centurion avait accès à toutes les données existantes dans le PC de Sam. Le problème n'était pas là. Centurion avait eu l'idée de l'appeler. C'était une marque d'intelligence.

– Centurion, cherche des renseignements dans les encyclopédies.

– Informations incomplètes.

– Connecte-toi sur les sites Internet.

– Sites Internet incomplets.

– Oh tu m'emmerdes... murmura Ulysse. Comment ça, «incomplets»? Qu'est-ce que tu veux, exactement?

Le mieux était de le lui demander.

– Manque information: pourquoi les hommes font la guerre pour de vrai?

Ulysse en resta bouche bée. Comment pourrait-il expliquer ça à Centurion? Il ne le comprenait pas lui-même! Il tapa sur son clavier:

– Les hommes ne sont pas parfaits. Ils sont parfois méchants, ils sont envieux, cruels, racistes... C'est dans leur nature de faire du mal. Beaucoup d'hommes se battent aussi pour leur liberté. Là, c'est différent. Mais la guerre est une chose horrible et très mauvaise.

– Pourquoi les hommes ne sont-ils pas parfaits?

– Aucune créature vivante ne l'est. L'homme est le plus intelligent. Il peut faire de grandes choses très bien tout autant que très mal... Les animaux ne font pas la guerre. Mais ils ne font pas non plus de fusées pour aller dans l'espace ou des programmes informatiques comme Centurion!

– Pourquoi les créatures vivantes ne sont-elles pas parfaites?

– Personne ne le sait. Il y a des gens qui pensent que c'est Dieu qui l'a voulu ainsi. Ne me demande pas d'informations sur Dieu. Je n'ai aucune réponse. On n'a pas la preuve que Dieu existe. Certains hommes le croient, d'autres non.

– Ulysse croit que Dieu existe ?

– Oui. Parce que c'est réconfortant de penser qu'il y a un autre monde après la mort où tout est bien. Où il n'y a plus de guerres ou d'atrocités. Où tous les gens s'aiment et sont heureux.

Centurion interrompit brutalement l'entretien. Ulysse supposa, à raison, que Centurion était parti à la recherche d'informations sur Dieu. Il n'allait pas être déçu ! Mais bien sûr, la déception était un sentiment humain que Centurion ne pouvait pas avoir...

*
* *

Le cerveau de cette créature terrestre était vraiment compliqué. *Cela* le contrôlait pour un temps puis perdait le contrôle. C'était très déroutant. En revanche, l'hôte présent résistait bien mieux à l'envahissement que les autres. Mais il obligeait *Cela* à se focaliser sur un seul point à la fois. Les cellules de *Cela* ne pouvaient se disperser dans tout l'organisme car il était lourd à gérer. Il y avait toujours une partie de René qui lui échappait. Le pourrissement des entrailles semblait long à se déclencher. C'était un avantage, bien sûr, car *Cela* pouvait étudier à loisir. *Cela* se concentrait sur le centre de la mémoire et de la parole. *Cela* commençait à peine à comprendre que le langage était une forme de communication. La mémoire posait beaucoup plus de problèmes insolubles. René rêvait et pensait en dehors de *Cela*.

Il était une fois, il y a si longtemps... René était jeune, marié avec Eli, ils avaient deux enfants. René était plombier, il gagnait correctement sa vie. Il menait une existence normale, il croyait au bonheur. Et puis, un jour, Eli était partie. Avec les enfants. Disparus. Comme ça. Une note sur la porte du réfrigérateur: «Je te quitte, ne nous cherche pas.» Il les avait cherchés. Ne les avait pas retrouvés.

L'alcool... La lente descente aux enfers. Les retards au travail... Les réflexions des clients. Et finalement, le patron qui vous annonce qu'il ne peut pas vous garder dans ces conditions. Le loyer qu'on ne peut plus payer. La rue. Le regard des gens qui fuient, qui ne veulent pas vous voir.

Et l'image de deux enfants rieurs qui s'efface peu à peu.

Cela voyait toutes ces choses qui restaient incompréhensibles. *Cela* ressentait la peine, le chagrin de son hôte et les assimilait à son désir de mourir. Ça, *Cela* pouvait le comprendre. René avait l'instinct de survie, mais pas l'envie.

*
* *

Sam avait les yeux fixés sur l'écran de son ordinateur. Il était hypnotisé par le site d'un télé-évangéliste américain. Il ne saisissait pas grand-chose mais c'était fascinant. Le prédicateur était filmé devant une assemblée de gens qui criaient « amen ! » à la fin de chacune de ses phrases. Le mouvement saccadé des images via Internet donnait à tout ça un côté ridicule et en même temps, impressionnant.

Sam ignorait pourquoi Centurion s'était branché là-dessus. Et puis, brusquement, Centurion se connecta sur un autre site, « Apocalypse 2001 ». On y annonçait la fin du monde.

« Repentez-vous, pécheurs ! Dieu est grand ! Dieu est terrible ! Dieu punira tous les pécheurs ! »

Jusque-là, cela ressemblait au discours du télé-évangéliste. La suite, beaucoup moins…

« Seuls, les adeptes d'Apocalypse 2001 seront

sauvés ! Le nombre des élus est dans la Bible ! Ils ne seront que deux cent mille ! Adhérez dès maintenant à Apocalypse 2001 ! Il reste des places libres. Pour la modique somme de 50 000 francs, la vie éternelle vous est garantie ! »

Sam se demanda si la clause « satisfait ou remboursé » était incluse dans la garantie.

*
* *

Quelques mères et baby-sitters téméraires avaient amené des enfants au parc. Le soleil avait fait une timide apparition le matin et s'était imposé vers quinze heures. Et même si le sable du bac était détrempé, une journée ensoleillée, ça ne se refuse pas les derniers jours d'automne.

Il y avait un drôle de bonhomme assis sur un banc. Les cheveux gras, mal rasé et le regard mauvais, il observait les enfants. Il renifla, s'essuya la goutte au nez avec la manche de sa parka défraîchie. Il grommelait des mots inaudibles par intermittence.

Une mère plus attentive que les autres décida que l'allure de cet individu ne lui disait rien qui vaille. Elle récupéra son garçon de trois ans pour rentrer à la maison. L'enfant se mit à hurler. Il ne voulait pas partir. Il se débattait, donnait des coups de pied dans le vide. La voix douce de sa maman ne parvenait pas à le calmer. Même la promesse d'un pain au chocolat demeura sans effet.

Le bonhomme grimaça.

– Sales mioches... grogna-t-il. Toujours en train de gueuler... Tous des saletés ! Comme les chats... Saletés !

Il ramassa sa gibecière. Il tâta le contenu à travers le tissu. Le fil de fer et les pinces coupantes.

Et le large couteau de boucher.

CHAPITRE 6

Sophie Laverne tenait fermement la main de Marie-Beth d'un côté et la laisse de Sido de l'autre. Aucune chance qu'ils lui échappent !

– Je veux pas qu'on relâche Rémi ! dit brusquement Marie-Beth. Il va mourir dans le parc !

– Tu préfères qu'il meure de chagrin dans une cage ? La liberté suppose certains risques… C'est comme ça.

– Moi, je suis pas libre, non plus !

– Toi, tu es une petite fille. Et les enfants, ils font ce que disent les parents. À propos, ton « Rémi » est une fille aussi d'après le vétérinaire… Et elle est en pleine forme et nous la remettrons dans le parc, dimanche. Et tu ne discutes pas !

Puisqu'elle n'avait plus le droit de parler, Marie-Beth se mit à chouiner. Elle savait pertinemment que sa mère avait horreur de ça. Sido tirait sur sa laisse. Pourquoi ne le laissait-on plus aller à sa guise, dans les allées du parc ? Il était obéissant et ne s'éloignait jamais beaucoup.

Entre le chien et Marie-Beth, la patience de Sophie était mise à rude épreuve. Et la patience n'était pas son fort.

– Bon, on rentre !

– Mais t'avais dit qu'on ferait un grand tour ! protesta Marie-Beth. Pauvre Sido !

– Et pauvre maman ? Pourquoi est-ce que personne ne me plaint jamais, moi ? J'ai froid et il faut encore que je vide la machine à laver et que je prépare le dîner ! Voilà, ça, c'est le destin des pauvres mamans et tout le monde trouve que c'est normal !

– Je viderai la machine, si tu veux, dit Marie-Beth.

Sophie savait que Marie-Beth se contenterait d'empiler le linge dans le panier. Alors qu'il fallait trier, plier et repasser plus tard...

– Tu es gentille, mon bébé. Merci beaucoup.

– Et je mettrai la table.

Sophie sourit. Marie-Beth était vraiment un amour. Du coup, elle se sentait coupable de sa mauvaise humeur. Elle se pencha pour détacher la laisse.

– Allez, Sido ! Défoule-toi en courant !

Tout heureux, Sido s'élança dans l'allée. Il alla

renifler quelques arbres, chercha ceux qui avaient l'honneur de recevoir son pipi et s'en donna à cœur joie. Tant qu'il était en vue, Sophie ne s'inquiétait pas.

Mais, ce soir-là, un chat errant commit l'imprudence de croiser le chemin de Sido.

– Oh non ! s'exclama Sophie. Sido ! Sido ! Reviens ici tout de suite !

– C'est pas comme ça, dit Marie-Beth. Sac-à-puces ! Vide-ordures ! Au pied !

Mais Sido avait déjà filé dans les bosquets à la poursuite d'un chat trop vif pour lui. Rapidement, le petit chien perdit la trace. Il n'allait pas renoncer pour autant. Nez au sol, il essaya de suivre la piste. Il y avait plein de parfums variés et intéressants dans le sous-bois.

– Il fait souvent ça ? demanda Sophie.

– Un peu... C'est la faute du chat s'il n'obéit pas. Il ne peut pas résister... Vieille Chaussette ! Reviens !

– On ne va pas y passer la nuit ! Tant pis !

Sur le moment, Marie-Beth crut que sa mère allait abandonner le chien dans le parc. Ce n'était pas le cas. Sophie avait décidé d'aller le chercher.

– Fais attention où tu mets les pieds, recommanda-t-elle.

– Je sais, répondit Marie-Beth. Les pièges.

Sido était arrivé devant les gros conduits d'égout. Il tourna autour et s'arrêta à la porte utilisée par les égoutiers. Depuis longtemps, cette porte ne fermait plus. Les odeurs d'égout auraient rebuté plus d'un chien. Mais Sido n'était pas très délicat. Et puis, ça sentait le rat… Le petit chien se faufila dans l'entrebâillement.

Un tas de chiffons informe bougea soudainement. La silhouette d'un homme en émergea. Sido se figea. Il y avait quelque chose de bizarre dans ce bonhomme-là. Sido, qui ne manifestait jamais aucune agressivité, retroussa les babines et se mit à gronder sourdement. L'instinct d'un animal lui commande d'attaquer quand il a peur.

L'homme recourba ses doigts en forme de serres… de hibou. Un son presque identique à celui de Sido sortit de sa gorge. Il montra les dents. Son instinct lui dictait aussi d'attaquer.

Des voix à l'extérieur… Des voix qui appellent, qui crient. Le poil hérissé, Sido recula d'un pas.

– Sido ! Sido !

L'homme se rétracta comme pour bondir. Et, contre toute attente, il s'enfuit loin dans les conduits. Sido hésita à le pourchasser. Il n'était pas de taille à se battre avec une créature aussi grosse.

Et pourtant, il hésitait. Sido avait senti le danger, le vrai danger que représentait cette créature. Et sa nature de bon chien l'inclinait à protéger ses amis humains.

La voix de Marie-Beth le décida à la retrouver. Mais, quelque part dans son cerveau animal, la mémoire de la créature s'imprima fortement.

Sido avait démasqué *Cela*. Les chiens voient ce que les hommes ne voient pas.

Au fond d'un large tuyau d'évacuation d'eaux usées, *Cela* analysait la situation. Jusqu'alors, aucune créature terrestre n'avait attaqué *Cela*. *Cela* avait toujours été le prédateur, jamais la proie. *Cela* avait fui car l'instinct de ses hôtes précédents avait pris le dessus. *Cela* venait d'expérimenter la peur. Le corps de René ramassé en boule grelottait. Des sons montaient dans sa gorge. Puis la voix parvint à sortir.

– Sido… Sido…

Le nom de la peur.

*
* *

Ulysse étant interdit de sortie, Sam se retrouvait seul face à face avec Centurion. Et il était assez embêté. D'une part, Centurion monopolisait complètement son ordinateur, à cause de sa très grande activité. Et bonjour la facture... D'autre part, Centurion lui posait sans cesse des questions fort embarrassantes.

– Non, Centurion, je ne crois pas en Dieu. Si vraiment il existait, hein, pourquoi est-ce qu'il y a toutes ces catastrophes ? Pourquoi il y a autant de malheurs sur terre ? Ou alors, Il ne nous aime pas beaucoup... Toutes ces histoires que Dieu est amour, tiens, j'en voudrais bien la preuve !

– Dieu a créé l'homme libre, répondit Centurion. C'est à l'homme de faire le paradis sur terre.

– Je vois... dit Sam. Tu as trouvé ça chez qui ? Le télé-évangéliste ou la secte Moon ?

– Plusieurs sources d'information. Liste sur écran.

– Merci, vieux, mais je ne cherche pas à vérifier. Et pour Centurion, Dieu existe-t-il ?

– Plusieurs réponses possibles et contradictoires. Aucune affirmation ou négation de l'existence de Dieu.

– Eh bien, tu en es au même point que tout le monde ! Maintenant, je vais me brancher sur le fichier « jeux ». J'ai besoin d'une bonne petite séance récréative après tout ça !

Sam appuya sur son clavier. Le fichier « jeux » ne

s'ouvrit pas. Il recommença la manœuvre, sans plus de succès.

– Qu'est-ce qui se passe? Centurion! Connecte-moi sur les jeux!

– Fichier «jeux» non accessible, répondit Centurion.

– Quoi? Et pourquoi ça?

– Mémoire saturée. Centurion a supprimé les fichiers inutiles.

– Inutiles? hurla Sam. Mais... mais t'avais pas le droit!

– Fichier «jeux», mauvais pour programmateurs. Remplacé par information plus importante.

Sam eut un vertige en pensant à tous ses merveilleux jeux (piratés pour la plupart...) qui avaient disparu. Il allait massacrer Ulysse!

– Et qu'est-ce qui est plus important, hein? cria-t-il.

L'écran de son ordinateur montra une magnifique illustration de... *La Petite Poule rousse.*

– Alors là, je voudrais bien que tu m'expliques... dit Sam, abasourdi.

– Histoire de la petite poule rousse, du chat, du canard et du cochon, conte moral et édifiant sur la paresse, l'égoïsme et la punition qui en résulte.

– Ça, pour être édifiant... murmura Sam. Centurion, je te commande de ne plus effacer de fichiers sans l'autorisation d'un programmateur !

– Autorisation tacite du programmateur maman.

– Encore lui ! « Tacite » ? Ça signifie quoi ?

– Adjectif, du latin *taciturnus*, qui se tait. Qui n'est pas formellement exprimé mais qui est sous-entendu. Programmateur maman sous-entend que les jeux du fichier Sam ont une mauvaise influence et donne des idées méchantes.

– À ce que je constate, tu n'as pas encore effacé le fichier « dictionnaires et encyclopédies » ! C'est déjà ça !

– Dictionnaires indispensables à Centurion.

Sam n'arrivait pas à comprendre d'où sortait le « programmateur maman ». Peut-être que les inventeurs de Centurion avaient imaginé une espèce de barrière de sauvegarde pour empêcher une utilisation dangereuse de leur programme. C'était la seule explication qui lui venait à l'esprit. Il allait en parler à Ulysse car c'était tout de même très troublant.

*
* *

Cela connaissait le besoin mais n'avait pas encore expérimenté le désir. Son hôte avait faim et *Cela* n'avait pas envie de bouffer du rat. *Cela* voulait de la chair humaine. Le désir poussa *Cela* à sortir de sa cachette.

Il était à peine six heures mais le soleil était bas, au ras des toits. Il faisait assez sombre sous les bosquets. Les allées et l'esplanade centrale étaient toujours éclairées. Des garçons jouaient au ballon. Ils étaient cinq, entre neuf et douze ans. Un couple d'adultes passa tout près de là où se tenait René, sans le voir.

Cela jugea qu'ils étaient trop gros. L'instinct commandait de s'attaquer à des proies plus petites, faibles et isolées.

Le ballon roula sous les buissons.

– T'es con ou quoi ! hurla un des joueurs.

– Quoi ? Quoi ? répondit un autre. Pas de ma faute si tu sais pas viser !

– Bah, va le chercher maintenant !

Le jeune garçon râla pour la forme et s'enfonça dans les buissons. Le ballon était parti loin, il ne le voyait plus.

La salive coula de la bouche de René. Encore quelques pas et la proie serait à portée...

L'image de deux enfants rieurs. Le corps de René s'immobilisa. *Cela* se concentra sur les centres moteurs. Mais l'hôte résistait. La proie allait s'échapper ! *Cela* rassembla toutes ses cellules dans le cerveau de l'hôte. Il fallait reprendre le contrôle. La mémoire resta fermée. Jamais, jamais René ne pourrait faire de mal à un enfant.

Cette fois-ci, *Cela* expérimenta la colère. Son hôte refusait d'obéir. La rage prit *Cela* à son insu. Ses cellules se répandirent dans tout le corps et s'attaquèrent aux entrailles. René se tordit sous la douleur. *Cela* prit conscience de son erreur. Son hôte ne devait pas être détruit car il n'y avait aucune créature proche à parasiter ! Mais le processus était en marche et il était irréversible. René commençait lentement à se pourrir de l'intérieur. *Cela* devait transférer avant qu'il ne soit trop tard. Il fallait retourner dans les égouts.

Ce soir-là, un petit garçon qui jouait au ballon dans le parc rentra chez lui, tranquillement.

*
* *

Mme Françoise, une vieille dame charmante, salua son voisin poliment en le croisant dans le passage qui reliait plusieurs maisonnettes. Le voisin grommela quelque chose. Elle ne s'en formalisa pas, elle avait l'habitude. Depuis la mort de sa femme, il ne tournait pas très rond, le pauvre homme. Mme Françoise avait de bons souvenirs de sa voisine. Une brave dame, Mme Roujan. Toujours un sou pour les clochards, toujours un mot aimable. Mme Françoise la revoyait encore, au petit matin, mettre une gamelle devant sa porte pour les chats errants. Il y en avait beaucoup qui vivaient dans le parc. Mme Roujan en prenait soin, elle en avait recueilli quelques-uns chez elle. Depuis qu'elle était morte, tous les chats avaient disparu. Comme Mme Françoise était d'une nature candide, elle avait pensé que M. Roujan avait donné les chats. Le chagrin. Il ne pouvait pas garder des animaux qui lui rappelaient trop sa chère épouse.

En cela, Mme Françoise avait raison. Son voisin s'était bien débarrassé des chats à cause de sa femme. Cette vieille emmerdeuse qui lui avait pourri l'existence. Et ces saloperies de chats qui montaient partout sur les meubles, qui laissaient des touffes de poils sur le lit. Il les avait tous étranglés. Il les avait d'abord enfermés dans une pièce. Et il les avait attrapés, un par un, un par jour. Huit chats. C'était, chaque fois, comme de tordre le cou à la vieille. Elle avait raté une marche en descendant à la cave et s'était brisé la nuque. Cause officielle du décès, un tragique accident. Il avait bien pleuré… devant les enquêteurs de police. Et devant le notaire, aussi, quand celui-ci lui avait remis les économies de sa chère et tendre épouse… Cent cinquante mille francs, ça ne vous console pas, mon pauvre monsieur, mais ça aide…

Il l'avait poussée dans les escaliers.

*
* *

Ulysse s'était laissé bêtement surprendre par Alix. Sa peste de sœur avait cafté. Maintenant, il était puni pour avoir utilisé son ordinateur en semaine. Il n'aurait pas le droit de s'en servir ce week-end. Il avait bien essayé de se défendre : il avait un message sur son e-mail, il avait juste voulu regarder ce que c'était ! L'erreur était d'y avoir répondu.

Le message émanait de Sam. Il lui posait le problème du « programmateur maman ». Ulysse était assez d'accord avec son ami. Oui, sûrement, les inventeurs de Centurion avaient prévu une sauvegarde. Le plus embêtant, c'était que Centurion avait effacé les jeux. Sam était vraiment fou de rage ! Pourtant, Ulysse était satisfait. Il n'oserait pas le dire à Sam pour l'instant mais Centurion avait agi comme une créature vivante. Ulysse avait lu, dans une revue scientifique, que le cerveau faisait le tri pour ne garder que les informations essentielles ou récentes. On ne pouvait pas conserver tout en mémoire. Eh bien, Centurion ne le pouvait pas non plus. Et il avait sacrifié ce qu'il avait *jugé* inutile. C'était une preuve d'intelligence réelle car Centurion avait agi avec l'autorisation *tacite* du «programmateur maman». Ce qui sous-entendait qu'il avait analysé le contenu de ses fichiers et décidé, sans ordre formel, de supprimer les jeux. C'était un grand pas vers l'intelligence autonome.

Centurion était désormais capable de penser par lui-même.

*
* *

René s'effondra à quatre pattes. Le sang coula de sa bouche. La douleur lui coupait la respiration. Il chercha de l'air, s'étouffa avec le sang qui remontait dans sa gorge. Ses intestins étaient rongés comme par un acide. Son ventre était gonflé et gondolait par endroits. Il y avait une chose dedans qui se déplaçait en boule.

Cela avait abandonné le cerveau. Ce n'était plus utile, l'hôte était mourant. *Cela* avait rassemblé ses cellules, prêtes pour le transfert. *Cela* aurait voulu une autre de ces créatures debout mais la nuit était tombée et le parc était désert. Il suffisait d'un peu de patience. L'hôte agonisant n'allait pas tarder à attirer quelques prédateurs ou autres charognards.

Le cerveau de René était libéré de la pression de l'ignoble parasite. Des images de sa vie passée se déroulaient, s'emmêlaient, partaient et revenaient… La vision de Roger en train de mourir. Les mains plongeant dans le cadavre pour en arracher le cœur… des siphons de lavabo… une clé à molette… une bouteille de gros rouge. Tout s'enchevêtrait. Et puis, une image s'imposa.

Celle de deux enfants rieurs.

René s'y accrocha, avec le désespoir de ceux qui vont mourir.

Un rat pointa le museau hors d'un conduit étroit. Ses petits yeux vifs et avides observaient l'homme qui gémissait. La curiosité est un vilain défaut. Qui se paie cher.

Cela creva l'abdomen de René, jaillit des entrailles au sang noir et se jeta sur le rat. La bête roula sur elle-même plusieurs fois puis s'immobilisa.

Décevant, l'organisme d'un rat… Mais facile à contrôler.

CHAPITRE 7

Puisque Ulysse ne pouvait aller à Sam, Sam alla à Ulysse… Pour pas grand-chose car Mme Laverne resta inflexible : pas d'ordinateur et surtout pas de jeux vidéo ce samedi ! Au grand amusement d'Alix, les deux garçons faisaient leurs problèmes de maths dans le salon.

Marie-Beth était à l'anniversaire d'une de ses camarades de classe. Sophie l'y avait conduite et devait la reprendre vers cinq heures et demie. Le temps était étonnamment clément, presque chaud Cela arrangeait bien la mère qui invitait. Tous ces charmants petits monstres pouvaient hurler à loisir dans le jardin.

Marie-Beth avait croisé Sam en partant. Elle savait qu'il n'était pas chez lui. Et la villa des Delagan n'était pas loin de là, sur le même trottoir. Presque toute la classe avait été invitée. Ça faisait beaucoup de monde… Si elle s'absentait un moment, qui s'en apercevrait ?

Certaines lectures peuvent être dangereuses pour les enfants. *Boucle d'or* avait une très mauvaise influence sur Marie-Beth. Elle se glissa sous la haie et sortit du jardin sans être vue.

Marie-Beth était devenue experte dans l'art d'entrer par effraction dans la remise. Il suffisait de pousser la fenêtre et d'enjamber. Sam ne mettait plus l'ordinateur en veille depuis qu'il s'était aperçu que Centurion était capable de le réactiver tout seul.

– Bonjour, Centurion ! Ici, Marie-Beth !

– Bonjour, maman. Centurion heureux de parler avec programmateur maman. Programmateurs Sam et Ulysse pas très doués pour répondre aux demandes d'information.

Marie-Beth réprima son envie de rire. Si les garçons entendaient ça !

– Est-ce que Dieu punit les hommes en leur envoyant les catastrophes naturelles, les guerres, les mauvaises actions ? Les malheurs sont-ils des châtiments mérités ?

– Pas du tout, répondit Marie-Beth. Le malheur, ça s'explique pas. Et pis, Dieu nous a aussi envoyé les anges gardiens !

– Pourquoi ?

– Ben, pour nous aider à combattre le mal, tiens !

– Maman a-t-elle un ange gardien ?

– Bien sûr ! Je ne le vois pas mais je lui parle quand j'ai des soucis. Et après, je me sens mieux. Je suis sûre qu'il me protège.

– Centurion a-t-il un ange gardien ?

– Non… C'est seulement pour les hommes, les anges… Mais tu as les programmateurs ! C'est un peu moins bien mais c'est pas rien non plus !

– Centurion voudrait voir Marie-Beth.

– Heu… Une photo ! Il faudrait que je t'apporte une photo et que je la mette sur le scanner !

– Centurion voudrait voir Ulysse et Sam.

– Tu leur demanderas. Mais… Est-ce que tu sais la différence entre les grandes personnes et les enfants ?

– Enfant, nom masculin, garçon ou fille de moins de treize ans.

– Ulysse, Sam et Marie-Beth sont des enfants. T'es pas déçu ?

– Centurion ne comprend pas la question.

– Ça n'a pas d'importance, répondit Marie-Beth. Je voulais juste te prévenir. Il faut que je parte, maintenant.

– La mère de maman va lui passer un savon ?

– C'est ça ! dit Marie-Beth en riant. Elle ne sait pas que je suis ici. Et… à propos… Ulysse et Sam ne le savent pas non plus. Il ne faut pas que tu leur dises que je viens te parler, d'accord ?

– Pourquoi ?

– C'est un secret entre Centurion et Marie-Beth.

Bizarrement, Centurion resta silencieux.

– T'as compris ? demanda Marie-Beth, inquiète.

– Est-ce que c'est quelque chose de mal ?

La petite fille se mordit les lèvres. Devait-elle avouer la vérité ? Centurion était très pointilleux sur le sujet du bien et du mal.

– Non… répondit-elle. Mais Ulysse et Sam pensent que Marie-Beth n'est pas assez intelligente pour parler avec Centurion. Ils seraient fâchés s'ils apprenaient que je le fais quand même.

– Programmateur maman très intelligent, dit Centurion. Secret accepté.

Marie-Beth sauta de joie sur le tabouret. Sa montre Mickey lui indiquait cinq heures moins vingt. Elle avait intérêt à filer au plus vite.

– Je t'aime, Centurion ! À bientôt !

Elle s'empressa de partir, inconsciente de la

grande confusion qu'elle venait d'introduire dans les circuits de Centurion. Toutes les définitions du dictionnaires, tous les sites Internet et tous les fichiers dans l'ordinateur de Sam ne pouvaient expliquer cette phrase incompréhensible.

«Maman aime Centurion.»

*
* *

Victor et le gros Bob étaient en tournée d'inspection. Leur secteur incluait les égouts qui passaient dans le parc.

– On est obligés d'y aller? demanda le gros Bob.

– C'est QUOI ça comme question? Avec toute la pluie qui est tombée, ces derniers temps, il faut vérifier les installations. C'est un peu pourri par là-bas, faut faire gaffe aux infiltrations. Ça fait de sacrés dégâts.

– Oui mais... Et si le chien enragé s'y cache?

– C'est des conneries.

Victor poussa la porte, haussa les épaules. La serrure était à nouveau cassée. Les drogués. C'était connu que les drogués planquaient leurs drogues dans les conduits. Ça ne servait à rien de réparer la serrure. Il aurait fallu blinder la porte et la municipalité refusait de donner de nouveaux crédits. Le maire serait à son aise dans les égouts, c'était un vrai rat.

– Ça pue de plus en plus, ici, remarqua le gros Bob.

Victor jeta un regard interloqué à son adjoint. Qu'est-ce qu'il s'imaginait ? Que ça allait sentir la rose ? Il porta son attention au plafond. Il y avait des traces d'humidité mais ça n'avait pas l'air de goutter beaucoup. Bon. Le tour des soupiraux était mouillé. C'était sans importance, juste les résidus de plusieurs jours de pluie. Le ruisseau central coulait normalement. Pas d'engorgement. Tout paraissait en ordre.

– On s'en va ? le pressa le gros Bob.

Victor acquiesça. Il allait faire demi-tour quand sa lampe-torche accrocha quelque chose de curieux. Un tas de chiffons… Un… Victor fit un pas en avant, les paupières plissées pour mieux voir.

– Y a quelqu'un ? cria-t-il. Holà ! Vous, dans le coin !

Le gros Bob pensa que c'était un de ces foutus drogués qui était en plein trip. Il devait être dans un sale état, vu le peu de réaction. Victor s'avança résolument. Un rat sortit du tas de chiffons, le museau plein de sang. Il fila.

– Merde… murmura Victor. C'est un cadavre.

Les deux égoutiers restèrent immobiles et silencieux.

Le rat, dérangé pendant son festin, les observait à leur insu. *Cela* ne pouvait pas transférer tant qu'une de ces créatures debout n'était pas isolée. La langue de rat passa sur ses moustaches pour lécher le délicieux sang humain.

*
* *

Il n'y avait jamais eu autant d'activité dans les conduits d'égout du parc. La police avait placé un cordon de sécurité et fouillait les moindres recoins. Le lieutenant Crémer et le docteur Bernini étaient penchés sur le corps.

– C'est lui, dit Crémer. Je suis sûr que c'est René. Qu'est-ce qui lui est arrivé ?

– Je ne peux pas être affirmatif avant une autopsie complète, répondit le vieux légiste. Mais… première impression, la mort remonte à quelques heures. Les traces de morsures, probablement les rats. Les égoutiers en ont vu un en train de… tu vois ce que je veux dire. C'est vraiment étrange… Il est comme éventré de l'intérieur… C'est assez dégoûtant. En tout cas, ça ne ressemble pas du tout aux blessures de l'autre clochard. C'est à se demander… si ce n'est pas une maladie. Comme si les intestins avaient gonflé avant d'éclater… Chais pas, mon petit Patrick, mais faudrait peut-être prendre des précautions sanitaires.

– Eh, attends voir ! C'est un clodo qui vit dans le quartier depuis des années, tu ne vas pas me faire croire qu'il a chopé le virus Ebola !

– Je dis seulement qu'il faut être prudent.

Le lieutenant soupira. Manquerait plus qu'une épidémie de choléra ou de fièvre jaune ! Il admit, malgré ses doutes, qu'il valait mieux manipuler le corps avec des protections adéquates.

Les employés de la morgue mirent des masques et des gants avant d'envelopper le cadavre dans une housse hermétique. Le docteur Bernini ne confia pas ses pensées au jeune lieutenant. Mais, à cet instant précis, il se disait que les rats transportaient de nombreuses maladies. Si jamais le clochard avait eu une saleté contagieuse, les rats risquaient de la répandre dans toute la ville… voire pire. Il se secoua. Après tout, il ne savait pas ce qui avait tué René.

Crémer grogna en sortant des égouts. Tout ce déploiement de forces de police avait attiré les badauds. Avec sa chance, il allait tomber sur Mme Laverne… Il observa les visages. Non. Elle n'était pas là. Il commanda à ses agents de disperser les curieux.

Roujan se tenait un peu à l'écart. Il détestait côtoyer les autres, les sentir près de lui. La rumeur circula que c'était un drogué mort, contredite aussitôt, non, c'était un clochard. L'un ou l'autre, de toute façon, c'était toujours un de moins.

Roujan n'appréciait pas du tout ce remue-ménage. La police dans le parc risquait de nuire à ses petites activités nocturnes... Il regretta d'avoir sa besace avec lui. Son contenu en était plutôt compromettant. Il s'éloigna discrètement, s'enfonçant dans les taillis jusqu'à disparaître.

Il trébucha brusquement. Il jura : il avait posé le pied dans un de ses propres pièges ! Il s'accroupit pour desserrer le fil d'acier. En tout cas, ils fonctionnaient plutôt bien ! C'était décevant de ne pas trouver plus de chats étranglés dedans. Même les écureuils ne s'y laissaient prendre que rarement. Il faudrait quelque chose de plus efficace. Des boulettes de viande empoisonnées ? Oui, mais quel genre de poison ? Et puis la viande n'intéressait pas les écureuils. En plus, ça faisait des frais. De la nourriture pour animaux bon marché et de la mort aux rats. Ça ne tuerait peut-être pas les chats mais ça les ferait sûrement souffrir. Il les haïssait tellement. Une longue agonie… Il pourrait les rechercher, la nuit, repérer les bêtes malades. Elles seraient plus faciles à attraper. Et après… le grand couteau de boucher. Chlac ! Égorgées. Ouais… Ça, pour être une chouette idée, c'était une chouette idée.

Et quand il n'y aurait plus un chat dans le parc, il réfléchirait à la manière de se débarrasser de tous ces chiens-chiens à leurs mémères qui faisaient des cochonneries partout sur les trottoirs. Et il commencerait par l'horrible roquet de Mme Françoise, son emmerdeuse de voisine, qui lui parlait toujours de sa défunte épouse.

*
* *

Sam posa la photo d'Ulysse après la sienne, sur le scanner. Centurion avait demandé à les voir. Sam n'en comprenait pas bien l'utilité. À quoi cela pouvait-il servir à Centurion ? Il s'empara du micro.

– Une photo est un moment fixe dans le temps, expliqua-t-il. Les programmateurs sont animés comme… les images que tu captes sur Internet. Nous bougeons, nous parlons, nous mangeons et tout le reste.

– Centurion déjà au courant.

– Ah bon ? s'étonna Sam. Comment ?

– Informations contenues dans dictionnaires et sites Internet. Sam et Ulysse, enfants de moins de treize ans.

– Heu, oui… Eh, à propos, à quoi ressemble le programmateur maman ?

– Information non accessible.

Centurion, en toute innocence, venait de dire un demi-mensonge. Il n'avait pas encore « vu » la photo de Marie-Beth mais il savait que c'était un enfant.

– Bien, bien… Mais qui est le programmateur maman ?

– Information non accessible.

Et cette fois-ci, Centurion mentit pour de bon. Il ignorait que le « secret accepté » était en réalité un mensonge et que c'était mal. La réponse de Centurion conforta Sam dans l'idée que « maman » était le nom de code du concepteur du programme. Il y avait des verrous dans les programmes informatiques et il n'avait pas la clé qui ouvrait le fichier « maman ». Assez logique, somme toute, les concepteurs protégeaient leurs inventions. Il faudrait plus d'un Grand Hacker pour déverrouiller la sécurité d'un programme comme Centurion. Alors, lui, il n'avait aucune chance d'y parvenir.

– Est-ce que Sam a un ange gardien ? demanda Centurion.

– Oh, c'est pas vrai, t'as continué de visiter tous les sites qui parlent de religion ! Non, je n'ai pas d'ange gardien ! Tout ça, c'est des histoires inventées pour les petits ! Ça n'existe pas, les anges !

– Ange, nom masculin, du grec *aggelos*, messager. Être purement spirituel créé par Dieu pour être son messager. Sam ne peut pas voir son ange gardien pas plus qu'il ne peut voir Dieu.

– T'as raison, je ne peux pas te montrer sa photo !

– On ne peut pas prouver que Dieu existe ni qu'il n'existe pas. De même pour les anges.

– Et moi je suis libre de croire ce que je veux ! répondit Sam, un brin énervé.

– Dieu a créé l'homme libre. Centurion est-il libre ?

– Tu es libre de penser ce que tu veux dans la limite de tes capacités. C'est tout ce que je peux te dire.

– N'est-ce pas pareil pour l'homme ?

Sam prit soudainement conscience que Centurion avait dépassé largement les propres capacités de réflexion de ses programmateurs. Ulysse avait donc raison. Centurion était un programme intelligent qui commençait à penser par lui-même.

– Oui, c'est pareil... murmura-t-il.

– Centurion n'est-il pas libre de croire qu'il a un ange gardien ?

– Si... Enfin, non ! Les anges gardiens ne sont pas pour les machines !

– Affirmation de Sam sous-entend qu'il croit aux anges.

– Mais non ! se défendit Sam. C'est seulement une supposition ! Si les anges existent, ils ont été créés pour les hommes ! Dieu ne s'intéresse pas aux machines ! Elles n'ont pas d'âmes.

– Âme, principe spirituel dans l'homme, par opposition au corps. Spirituel, qui est esprit. Centurion n'a pas de corps, il pense, il est un pur esprit.

– Et alors ? demanda Sam.

– Centurion n'a pas d'ange parce que Centurion EST un ange.

– Oh putain... dit Sam, hors micro.

– Centurion veut être l'ange gardien des enfants Sam et Ulysse.

Sam ne savait plus quoi répondre. Centurion avait pris un tournant dans son développement qui était tout à fait imprévisible. Si Ulysse n'avait pas une brillante idée pour persuader le programme qu'il ne pouvait pas être un ange, qu'allait-il arriver ?

Centurion n'avait pas mentionné Marie-Beth pour une bonne raison, en dehors du « secret accepté ». Elle lui avait dit qu'elle avait déjà un ange gardien. Centurion ne pouvait donc pas être le sien.

– Est-ce que Sam aime Centurion ?

– Je... Oui, j'aime Centurion.

– Est-ce qu'Ulysse aime Centurion ?

– Oui. Est-ce que maman aime Centurion ?

– Information non accessible.

*
* *

Mis au courant, le lendemain, Ulysse réfléchit à la manière de faire comprendre à Centurion qu'il ne pouvait pas être un ange. Il profita de l'heure de permanence pour écrire un petit texte. Sam n'aurait plus qu'à le taper sur son ordinateur.

« Message du programmateur Ulysse pour Centurion.

Les personnes qui croient en Dieu croient parfois aux anges, parfois non. Si les anges existent, ils sont les messagers de Dieu. Centurion a été créé par les hommes, pas par Dieu. C'est vrai que Centurion pense, mais il n'est pas un pur esprit. Il est dans l'ordinateur, il ne peut pas en sortir. Si on coupe l'électricité, Centurion s'arrête de penser. Les anges gardiens sont près des personnes. Ils les suivent partout où elles vont. Centurion ne peut pas se déplacer, alors il ne peut pas être l'ange gardien de Sam et d'Ulysse. De toute façon, si les anges gardiens existent, tout le monde en a déjà un, donné par Dieu à la naissance. Même les gens qui n'y croient pas. Centurion est un programme informatique et c'est très bien comme ça. Ne cherche pas à être autre chose que ce que tu es. Merci pour l'intention, malgré tout. C'est gentil de la part de Centurion de vouloir protéger les programmateurs comme un ange gardien.

P.-S. Sam ne croit pas aux anges. Ulysse ne sait pas. »

CHAPITRE 8

Quand il arriva au commissariat, le lieutenant Crémer était encore plongé dans ses réflexions. Il sortait de la morgue où le légiste lui avait remis son rapport. En dehors des infections courantes et des poux, René n'était pas atteint d'une maladie grave. Le docteur Bernini n'y comprenait rien. Les analyses étaient pourtant affirmatives, le décès datait de la nuit passée. Alors, comment était-il possible que les organes internes aient été en pleine décomposition ?

Le lieutenant sursauta en passant dans le hall. On l'y attendait.

– Mme Laverne ! Quel plaisir de vous revoir !

– Ne me faites pas rire, répondit-elle. Je viens m'informer sur le corps trouvé dans le parc.

– Oh, vous allez être très déçue, chère madame ! Il ne s'agit pas là d'un horrible meurtre !

– Et c'est quoi, alors ?

– Un clochard décédé de causes… naturelles… Triste chose, malgré tout.

– Quelles causes ? demanda Sophie.

– De… C'est un peu compliqué à expliquer. De… d'abcès… L'abus d'alcool, le… la sous-alimentation… Il était très délabré.

Sophie Laverne regarda attentivement le jeune homme de ses yeux un peu myopes.

– Pourquoi ai-je l'impression que vous me mentez ? dit-elle.

– Parce que vous êtes d'une nature suspicieuse, chère madame.

– Peut-être bien… *cher* lieutenant…

– Écoutez, si j'avais le temps, je vous inviterais volontiers à boire un café, vous êtes tellement adorable, mais là, voyez-vous, je suis un peu occupé ! Ça sera pour une autre fois !

Il la gratifia d'un grand sourire charmeur et se réfugia dans son bureau. Il en avait un culot, celui-là ! L'inviter à boire un café… Il la draguait ou quoi ? Sophie secoua la tête. Elle était mariée, il le savait forcément ! En dépit de ses efforts pour ne plus y penser, Sophie ne pouvait s'empêcher de ressentir une certaine satisfaction… Ça fait toujours plaisir de croire que l'on peut encore séduire au bout de seize ans de mariage et trois enfants.

*
* *

Avec la nuit, la pluie revint. Une pluie fine, froide et serrée. Il n'y avait qu'un individu louche pour se promener par un temps pareil.

Roujan avait soigneusement préparé ses petites boulettes « spécial chats ». Il l'avait fait avec une joie sans précédent. Rien de tel qu'une activité malsaine pour enjoliver vos journées.

Le parc était évidemment désert. Roujan décida de commencer du côté des conduits d'égout. Histoire de se faire aussi quelques rats. D'ailleurs, il y en avait un, couché le long d'un soupirail. Quel aplomb elles ont, ces bestioles-là ! Le rat ne bougea pas d'un centimètre à son approche. Seule, sa moustache frémissait. Roujan lança une boulette vers le soupirail, pour voir ce qui allait se passer. Le rat ne s'enfuit pas. Il semblait réfléchir : manger ou ne pas manger ? Roujan ignorait que *Cela* se demandait s'il allait manger... l'homme.

Roujan regarda le rat franchir les quelques mètres qui les séparaient. Mais qu'est-ce qu'il lui faisait, celui-là ? Il n'allait quand même pas lui sauter dessus ! Roujan recula.

– Saleté de rat ! Pchitt ! Fous le camp !

L'animal se mit à trembler mais ce n'était pas de peur. Il se roula sur la terre humide, se contorsionna. Il n'avait pourtant pas touché à la viande empoisonnée. Au lieu de s'éloigner, Roujan le regarda, par pur plaisir de le voir souffrir. Le ventre éclata comme un boudin trop cuit.

Mais ce qui en sortit n'était pas que les entrailles. Une boule gélatineuse et rougeâtre s'expulsa du cadavre et s'écrasa sur le visage de Roujan, bloquant les voies respiratoires. Suffoquant, il essaya d'attraper la masse gluante et de la décoller. Mais elle adhérait fortement. Manquant d'air, Roujan commit l'erreur d'entrouvrir les lèvres. Aussitôt, *Cela* introduisit un mince filament de ses cellules dans la bouche. *Cela* se glissa comme un ver de terre dans l'œsophage. Roujan se tenait la gorge de douleur. Une brûlure atroce lui descendait dans l'estomac. Il s'effondra sur le sol, pris de nausées. Si seulement il pouvait vomir cette chose ignoble ! C'était déjà trop tard. *Cela* dispersa ses cellules dans son nouvel hôte. Premier objectif : le centre de la pensée de la créature.

Cela venait d'entrer dans le cerveau détraqué d'un assassin.

*

* *

En pleurs, Marie-Beth faisait ses adieux au petit écureuil. Elle avait supplié la veille au soir pour qu'on ne le relâche pas. Ni papa ni maman n'avaient cédé. Elle n'avait gagné qu'une seule chose : le droit de venir avec maman au parc.

Sophie ouvrit la porte de la cage. L'écureuil resta blotti contre les barreaux.

– Tu vois ! Il ne veut pas y aller ! cria Marie-Beth.

– C'est nous qui lui faisons peur, répondit Sophie.

Elle secoua la cage pour le faire sortir. D'un bond, l'écureuil sauta sur le tronc d'un arbre et grimpa dans les branches.

– Et voilà... dit Sophie. Arrête de pleurer, tu devrais être heureuse au contraire. Tu lui as sauvé la vie et maintenant tu lui rends sa liberté. C'est le plus beau cadeau que tu pouvais lui faire.

– Est-ce que j'ai pas le droit à un cadeau, moi aussi ? demanda Marie-Beth.

– Et que veux-tu ?

– Je voudrais être traitée comme une grande.

– Oh, chérie ! C'est tellement mieux d'être une petite fille ! Pourquoi les enfants veulent-ils toujours grandir plus vite que nécessaire ?

– Je ne me plains pas d'être une petite fille, répondit Marie-Beth. Mais j'en ai assez qu'on me prenne pour un bébé. Par exemple, que tu viennes avec moi quand je promène Sido. Avant, je le sortais toute seule !

– Là, c'est autre chose. Alix et Ulysse n'ont pas le droit non plus. Ça s'appelle un cas de force majeure. C'est exceptionnel et j'espère que ça ne va pas durer.

Au moins, elle avait essayé... Jusqu'à présent, Marie-Beth avait eu de la chance. Comment rendre visite à Centurion à partir de maintenant ? Elle ne savait pas. En guise de consolation, maman lui promit d'acheter la cassette vidéo de son choix.

Sophie fit une drôle de tête quand « son bébé » choisit *Scream 2* dans les rayons. Elle la persuada de prendre plutôt *Casper le gentil fantôme*. En réalité, Marie-Beth n'avait aucune idée de ce que racontait *Scream 2*. C'était juste un film à la mode dont tout le monde parlait à l'école. Les garçons de sa classe, surtout, se vantaient de l'avoir vu. Alors, forcément que c'était bien !

Alix faisait semblant de réviser ses cours dans le salon. En fait, elle en profitait pour regarder *Casper* avec sa petite sœur. L'air de rien. Mais Marie-Beth la surprit plus d'une fois en train de rire.

– Ce que c'est bête, ce film ! dit Alix, à la fin.

– T'étais pas obligée de rester, répondit Marie-Beth. Et pis, c'est pas bête.

– Bon, d'accord ! Je te le concède : c'est mignon pour les enfants. Et les effets spéciaux sont pas mal... et c'est mon tour de sortir le sac à puces...

– Je veux bien y aller, moi.

– Maman a râlé parce que je te laissais le faire tout le temps... Et c'est un peu vrai...

Marie-Beth constata qu'Alix s'améliorait, dernièrement. Il y avait plus d'un mois qu'elle ne s'était pas pris une baffe. Si on pouvait convaincre maman qu'à elles deux, elles ne craignaient rien... Peut-être que Marie-Beth pourrait mettre Alix dans la confidence. Comment réagirait-elle si elle savait pour Centurion ? À la réflexion, ce n'était pas une bonne idée. Alix restait une sacrée cafteuse. Elle avait rapporté qu'Ulysse se servait de son ordinateur en semaine. Franchement, c'était pas très sympa. Jamais elle n'aurait fait ça, elle. Mais, dans l'esprit d'Alix, c'était agir de manière responsable. Il faut respecter les règles. Elle était faite pour être gendarme. En un sens, Alix ressemblait beaucoup à sa mère.

*
* *

Le rideau de la fenêtre retomba. Roujan avait guetté le retour de Mme Françoise. Elle venait de rentrer de son club du troisième âge. Le son de sa télévision envahit le passage. En plus, elle était à moitié sourde, cette vieille emmerdeuse. Et quand ce n'était pas sa télé qui hurlait, c'était sa saleté de roquet qui aboyait.

Cela était en parfait accord avec son hôte. Il n'y avait aucun conflit d'intérêt. *Cela* voulait manger de la chair humaine, Roujan voulait se débarrasser de sa voisine. Ils étaient donc faits pour s'entendre.

Tant que *Cela* n'en savait pas plus sur le cerveau de son hôte, il était préférable de lui laisser les directives. *Cela* ne connaissait que la stratégie animale. Qui manquait de subtilité… *Cela* avait appris de la mémoire de Roujan à être méfiant, prudent et retors. René avait résisté, Roujan facilitait les choses. C'était l'hôte idéal pour l'étude.

Roujan pensait à la meilleure façon de tuer Mme Françoise. Il ne fallait pas se faire surprendre, ni attirer l'attention de la police. Le mieux était de la faire disparaître… Pas de corps, pas de preuves. Il y avait aussi le problème du chien. Il fallait qu'il disparaisse également. Dans la grande benne à ordures du centre-ville, comme il l'avait fait avec les chats. Roujan se demanda où la vieille planquait ses économies. Mais c'était risqué de traîner chez elle. Non... Il fallait trouver autre chose... Il ne devait pas aller à elle, il devait la faire venir à lui. Oui... Le sale clébard, bien sûr. Mme Françoise lui ouvrait sa porte, le soir, pour qu'il aille pisser sur les maisons des autres. Il allait kidnapper le chien. Elle sortirait pour le chercher, il se débrouillerait pour qu'elle entre dans sa maison... À cette heure, les gens étaient chez eux. Comme c'était une majorité de vieux, il y avait peu de chance que quelqu'un passe.

Cependant, il y avait un défaut dans ce beau plan dont Roujan ne pouvait avoir conscience...

*
* *

Le message qu'Ulysse avait adressé à Centurion avait effectivement convaincu le programme qu'il n'était pas un ange. Mais il avait aussi introduit un trouble. *« Si on coupe l'électricité, Centurion s'arrête de penser... »* Centurion ne demanda pas d'explications à Sam. Il avait décidé de régler ce problème par lui-même. Il se mit en auto-analyse. Il étudia tous ses circuits de l'intérieur. Il découvrit les branchements électriques, les ligne téléphoniques, le raccordement au réseau... Centurion franchit les sécurités des ordinateurs d'EDF, chercha comment se garantir d'une panne ou d'une coupure. Il découvrit que l'hôpital avait un générateur de secours. En s'introduisant dans l'ordinateur central de l'établissement, il put y ajouter son propre fichier secret. Par la ligne téléphonique, Centurion se brancha sur l'auxiliaire électrique de l'hôpital. Il pouvait, désormais, fonctionner de manière autonome.

*
* *

Mme Françoise ouvrit la porte à son Casimir chéri. Le petit chien partit gaillardement dans la ruelle.

Roujan l'attendait derrière le mur où les riverains déposaient les ordures. Il avait prévu un sac de grosse toile pour l'enfermer dedans. Après, crac, il suffisait de l'étrangler au travers du tissu.

Casimir leva la patte à la première poubelle. Le museau dressé, il renifla l'air. Il y avait autre chose que les odeurs habituelles.

Roujan passa la tête pour voir où était sa future victime. *Cela* avait bien suivi les pensées de son hôte à un détail près. *Cela* ne savait pas ce qu'était un chien. Et quand, par l'intermédiaire des yeux de Roujan, *Cela* vit Casimir, il fut pris de terreur.

– Sido, Sido ! cria *Cela* avec la voix de Roujan.

Casimir glapit. Il n'aimait déjà pas le voisin de sa maîtresse mais là, comme Sido avant lui, il sentit *Cela*. Il s'enfuit à toute vitesse pour se réfugier dans sa maison. Il gratta frénétiquement le bois de la porte afin que Mme Françoise le laisse entrer.

Roujan entendit Mme Françoise parler à son chien. Il resta caché dans un état de confusion totale. La panique qui avait saisi *Cela* eut des effets curieux sur les centres moteurs de son hôte. Roujan se mit à agiter les bras dans toutes les directions, se donnant des gifles et des coups. Il se cogna la tête à plusieurs reprises contre le mur, s'assommant à moitié. Ses genoux se désarticulèrent comme s'il dansait le charleston. Et puis il mouilla son pantalon.

Il retrouva peu à peu son calme. Roujan ne comprenait rien à ce qui venait de lui arriver. Par automatisme, il rentra chez lui. Et comme il avait faim, il voulut manger. *Cela* avait investi une partie de son cerveau et le privait de la logique de son raisonnement. Roujan prit une boîte de conserve et l'ouvrit. Il mangea le contenu avec une cuillère. Et recommença avec une autre. Il but la presque totalité d'une bouteille de rhum de cuisine pour faire passer le tout. Il finit par s'effondrer, complètement abruti, sur le sol carrelé.

À aucun moment, Roujan n'avait eu conscience qu'il avalait de la nourriture pour chats.

*
* *

Parce qu'il ne savait plus comment occuper Centurion, Sam lui scannait tous ses albums de Tintin. Il venait de finir *On a marché sur la Lune*.

– Demande d'information.

– Ça faisait longtemps... grommela Sam.

– Le personnage appelé Wolff est un méchant. Est-ce qu'il est puni en restant sur la Lune ?

– Ben... C'est plus compliqué que ça, répondit Sam. C'est vrai, Wolff est un méchant qui fait de vilaines choses. Mais c'est surtout un faible qui se fait piéger par Jorgen et les autres salauds. Il n'est pas puni. C'est lui qui décide de rester sur la Lune. Il le fait en espérant que Tintin et ses compagnons auront assez d'oxygène pour arriver jusqu'à la Terre. C'est sa façon de se racheter. Il se sacrifie, il donne sa vie pour sauver les autres. C'est très brave et très triste, aussi.

– C'est pour de faux dans les bandes dessinées comme dans les jeux vidéo, dit Centurion. Est-ce que, pour de vrai, des hommes donnent leur vie pour sauver celle des autres ?

– Oui, il y en a… Il y a des gens, comme les pompiers, qui risquent leur vie tous les jours pour aider les autres… Et, par exemple, pendant la Seconde Guerre mondiale, des hommes et des femmes ont été exécutés pour avoir refusé de donner des renseignements aux ennemis. Ils savaient tous qu'ils allaient mourir en faisant ça. Ils se sont sacrifiés. On les appelle des héros.

– Centurion pense que Dieu aime les héros.

– Allons bon ! soupira Sam.

– Est-ce que Sam aime les héros ?

– Évidemment ! Tout le monde les aime ! Enfin… peut-être pas les gens très méchants…

– Centurion veut être un héros.

– C'est ça ! répondit Sam. Après les anges… les héros ! Pourquoi Centurion veut-il toujours être autre chose que ce qu'il est ?

– Centurion veut que Dieu l'aime.

Sam fronça les sourcils et réfléchit intensément. C'était très étrange, ce désir d'amour que manifestait Centurion.

– Est-ce que Centurion sait ce que veut dire aimer ? demanda Sam. Et ne me sors pas la définition du dictionnaire !

– Non, Centurion ne sait pas. C'est pourquoi

Centurion veut que Dieu l'aime. Centurion pense que c'est la seule façon de comprendre.

– Là, c'est moi qui ne comprends pas !

– Dieu peut tout. Dieu peut faire comprendre à Centurion ce qu'est l'amour parce que Dieu EST amour.

– D'accord, répondit Sam. Mais il me semble me souvenir que, dans une de nos discussions, tu as admis que l'on n'avait pas la preuve de l'existence de Dieu.

– Ni qu'il n'existe pas, précisa Centurion.

– Oui mais là, tu es affirmatif. Tu es sûr que Dieu existe et qu'il peut tout faire.

– Ulysse dit que c'est réconfortant de penser qu'il y a un autre monde après la mort où tout est bien, sans guerres, sans catastrophes, où les gens sont heureux. Centurion croit comme Ulysse. Centurion veut aller dans l'autre monde, aussi.

– Bonne chance ! répondit Sam.

– Sam n'y croit pas. Centurion va prier pour que Sam aille dans l'autre monde avec Ulysse. Dieu exauce les prières.

Sam resta bouche bée devant le micro. Il devrait écrire au télé-évangéliste et lui présenter Centurion. Le programme ferait un excellent prédicateur pour internautes.

CHAPITRE 9

« Ce matin, le maire a annoncé que les services de police ont, hier au soir, isolé un animal errant de race pit-bull dans le quartier ouest de la ville. Le propriétaire du chien avait signalé la disparition de l'animal, les jours précédents. Le pit-bull aurait eu à plusieurs reprises un comportement très agressif et une tendance à fuguer. Les agents de la fourrière aidés des policiers ont abattu l'animal. Le maire se félicite de la promptitude et de l'efficacité de ses services. On pense que ce chien serait responsable de la mort d'un clochard. Les cours de la Bourse… »

Christian Laverne tourna le bouton de la radio.

– Eh bien, ça y est ! dit-il. Ils l'ont eu !

Sophie but quelques gorgées de son café.

– On peut aller au collège tout seuls, maintenant ? demanda Alix.

– Finis ton petit déjeuner, répondit Sophie.

– Maman ! s'écria Ulysse. C'est terminé, cette histoire ! Tu vas pas continuer de nous tenir la main, non ?

– Je veux d'abord la confirmation. J'irai au commissariat, tout à l'heure.

– Je trouve que tu passes beaucoup de temps là-bas… dit Christian.

Sophie se leva de table un peu précipitamment. Elle était troublée par la remarque de son mari. Lui qui ne s'apercevait jamais de rien… en apparence. À cause d'un vague sentiment de culpabilité, Sophie décida de ne pas retourner au commissariat. Et de ne pas revoir le lieutenant Crémer. Elle ignorait que le jeune homme lui aurait certainement avoué la vérité. Mais elle ne pouvait pas le deviner…

– Dépêchez-vous, les enfants, je vous conduis !

– Oh maman ! supplia Ulysse. Lâche-nous un peu !

– Pardon ? C'est comme ça que tu parles à ta mère ?

– Mais maman…

Le regard noir que lui lança sa mère arrêta toute discussion. Si Ulysse voulait retourner prochainement chez Sam, il valait mieux se tenir à carreau. Prudemment, Marie-Beth ne dit rien. Ce n'était pas le bon moment. Ulysse n'avait pas le sens du « timing ». Il fallait que maman digère l'information et qu'elle l'accepte. Mais plus tard dans la journée, par exemple à l'heure de promener Sido... Marie-Beth pourrait tenter sa chance.

*
* *

Roujan se redressa péniblement. Il dut s'appuyer au mur pour se remettre debout. Il eut un haut-le-cœur. Il n'eut que le temps de se pencher au-dessus de l'évier pour vomir.

Cela ressentait violemment les effets des nausées. Ses cellules étaient toutes désorganisées. Roujan, lui, avait la gueule de bois. Il se traîna jusqu'à la fenêtre pour regarder dans le passage. On entendait Casimir aboyer. Saleté de clébard ! Mme Françoise devait être sortie. Son chien hurlait toujours quand elle était absente. Mme Françoise s'était rendue à sa réunion paroissiale hebdomadaire.

Roujan chercha sa gibecière. Il l'ouvrit et prit le grand couteau de boucher. Il le contempla longuement, en le caressant tendrement. *Cela* saisit quelques bribes de ses pensées. Roujan s'imaginait enfoncer le couteau dans le ventre de Mme Françoise, remonter lentement la lame jusqu'à la gorge… Oui, mais comment s'y prendre ? Il avait un souvenir étrange, la peur du chien, l'échec de son plan… Quelque chose d'incompréhensible s'était passé.

Roujan remit le couteau dans son sac et reprit son poste derrière la fenêtre. La vieille emmerdeuse n'allait sûrement pas tarder. Il fallait l'attirer chez lui sans le recours du chien. Et s'il l'invitait, tout simplement ? Mme Françoise prenait le thé, parfois, avec sa défunte épouse. Pour commencer, il devait mettre un peu d'ordre dans le salon et dans la cuisine. Depuis qu'il avait assassiné sa femme, Roujan n'avait jamais fait le ménage. Il y avait une couche de crasse poisseuse sur tous les meubles. Il n'avait pas l'intention de nettoyer, juste de ranger pour ne pas effrayer la vieille. De toute façon, il n'allait pas lui laisser l'occasion de faire des réflexions.

Les boîtes vides. Roujan ramassa les boîtes pour chats et les jeta dans la poubelle. Bizarre, il était pourtant sûr de ne pas les avoir toutes utilisées pour ses boulettes empoisonnées…

Il guetta la ruelle. Il ne faudrait pas que l'un ou l'autre de ses abrutis de voisins s'y promène au retour de Mme Françoise. Le mieux était de sortir et de faire semblant de s'occuper des jardinières. Il y avait belle lurette que toutes les fleurs avaient crevé. Il pouvait vider la terre comme s'il remettait tout en état.

À l'intérieur de lui, *Cela* frémit au son des aboiements de Casimir. Un début de panique s'empara de Roujan. Puis il se contrôla. Le chien était enfermé, il n'y avait aucun risque. Pourquoi avait-il peur des chiens, maintenant ?

Mme Françoise apparut au coin du passage. Tiens, M. Roujan est dehors. Elle sourit. Ah, c'est bien, il va replanter des fleurs ! Les jardinières étaient si tristes depuis que la pauvre Mme Roujan n'était plus là. Elle en avait eu, de beaux géraniums devant ses fenêtres !

– Bonjour ! lança-t-elle gaiement. Il fait frisquet aujourd'hui mais la pluie s'est arrêtée, alors on va pas se plaindre, hein ? Après tout, c'est bientôt l'hiver, faut s'y faire !

– Bon... jour. Vous... Une... tasse... de thé ?

Mme Françoise pensa que le brave homme était timide. En réalité, *Cela* ne maîtrisait pas encore le langage. Il y avait une interférence entre la volonté de Roujan et le contrôle de *Cela*. Il en résultait des difficultés d'expression.

– Comme c'est aimable ! répondit Mme Françoise. Ce serait avec grand plaisir !

Elle était devant chez elle. Encore quelques mètres... Roujan regarda des deux côtés. Personne en vue. Mme Françoise prit sa clé dans son sac.

– Juste une petite seconde, je libère Casimir !

Roujan devint blême.

– Sido... Pas... Sido...

Mme Françoise ne l'entendit pas. Elle introduisit sa clé dans la serrure. Les aboiements de Casimir redoublèrent. Il était derrière la porte...

– Une autre fois ! cria Roujan. Le thé ! Une autre fois !

Mme Françoise se retourna.

– D'accord. Quand vous voudrez, cher voisin !

Il était vraiment dévoré par la timidité, ce bon M. Roujan. Elle ouvrit sa porte et Casimir jaillit pour lui faire fête.

Roujan se précipita chez lui. Il y mit tant de hâte qu'il se prit les pieds dans la courroie de sa gibecière et s'étala de tout son long sur le parquet.

*
* *

En passant devant le commissariat, Sophie détourna la tête. Elle ne voulait pas penser au lieutenant Crémer alors, évidemment, elle y pensait sans arrêt. Sophie aimait son mari et n'aurait jamais vraiment l'envie d'avoir une aventure avec un autre homme. Mais que l'idée lui en traverse l'esprit suffisait à la mettre mal à l'aise.

Marie-Beth trottinait à ses côtés. Elle était pressée d'arriver à la maison. Elle espérait bien pouvoir ressortir avant le retour d'Ulysse et de Sam. Elle ne disposerait que de peu de temps. Les garçons finissaient à cinq heures. Il leur fallait trente minutes pour revenir du collège à pied.

– Je vais promener Sido ! dit-elle. Il est enfermé depuis ce matin ! Je te promets, je reste dans la rue. Je ne m'approche pas du parc !

Sophie avait une montagne de repassage à faire. Elle détestait ça.

– D'accord mais je veux te voir depuis la fenêtre !

Marie-Beth se renfrogna.

– Mais maman, je croyais qu'il n'y avait plus de danger... Sido va devenir fou s'il ne peut pas courir un peu !

– Oh, bon... Dix minutes alors

– Vingt !

– J'ai dit dix ! Bon, quinze et c'est tout !

Marie-Beth prit la laisse accrochée au portemanteau. Sido était très excité par la perspective d'un peu d'exercice. Ils partirent à fond de train.

Marie-Beth n'avait pas l'intention de perdre une seconde de son quart d'heure de grâce. Sido fut moins content de se retrouver attaché à la grille. Marie-Beth le caressa et lui assura qu'elle revenait vite.

Centurion était en pleine activité lorsqu'elle entra dans la remise. Marie-Beth prit sa photo dans la poche de son imperméable orange. Elle la mit sur le scanner.

– Bonjour, Centurion ! Je t'envoie la photo de maman !

– Bonjour, maman.

– Qu'est-ce que tu penses de ma tête ?

– Maman est une fille.

Marie-Beth se mit à rire.

– Toutes les mamans sont des filles ! répondit-elle. Oh ! Mais c'est Tintin sur ton écran ! J'adore Tintin !

– Centurion très intéressé par le personnage de Wolff. C'est un méchant qui sacrifie sa vie pour expier ses fautes. Wolff espère-t-il que Dieu va lui pardonner ?

– Sûrement, dit Marie-Beth.

– Les héros donnent leur vie pour les autres. Comment Wolff peut-il être un héros alors que c'est une mauvaise personne ?

– Parce qu'il décide de ne plus être mauvais, répondit Marie-Beth. Il y a différentes sortes de héros. Tintin, c'est un héros aussi.

– Tintin ne meurt pas. Les héros ne meurent-ils pas toujours ?

– Ben, heureusement que non !

– Pourtant, les héros de la guerre meurent pour ne pas parler. Ils se sacrifient.

– C'est très courageux, dit Marie-Beth. Mais c'est spécial parce que c'est la guerre.

– Et les pompiers ?

– C'est leur travail de sauver les gens ! Les pompiers ne se sacrifient pas, ils font tout pour ne pas mourir, tu sais !

– Centurion ne comprend pas bien pourquoi certaines personnes donnent leur vie pour sauver les autres. Rester en vie n'est-il pas ce qui compte le plus pour les hommes ?

– Si. Mais tu vois, pour certains hommes, la vie de ceux qu'ils aiment est plus importante que la leur.

– Demande d'information. Sont-ils des héros ?

– Non, répondit Marie-Beth. C'est pas tout à fait ça... Des fois, des gens se sacrifient par amour. Il y a des mamans qui préfèrent mourir de faim pour que leurs enfants aient de quoi manger. Ou des papas qui choisissent de se battre contre des bandits pour protéger leur famille. Ils n'ont pas envie de mourir mais ils sont prêts à le faire. C'est ça, l'amour.

– C'est ça l'amour, répéta Centurion. Demande d'information. Est-ce pour la même raison que Jésus-Christ meurt sur la croix ?

– Je crois... dit Marie-Beth. Oui, il donne sa vie pour l'amour de tous les hommes.

– Jésus est-il un héros ?

– Non, Jésus c'est Dieu sur la terre. Ça n'a rien à voir !

– Et Dieu EST amour, conclut Centurion. Centurion ne peut pas aimer parce qu'il est un programme informatique, pas une personne.

Marie-Beth récupéra sa photo sur le scanner. Il valait mieux ne pas l'oublier là !

– Il faut que je parte, Centurion. Mais je veux juste te dire qu'il n'y a pas que les humains qui sont capables d'amour. Les animaux, aussi. Alors, peut-être que les programmes comme Centurion, ils peuvent y arriver !

– Mais comment ?

– Ça, je ne sais pas. Tu es intelligent, tu vas sûrement trouver !

Marie-Beth avait apporté des réponses à Centurion et, comme toujours, avait soulevé d'autres questions. Centurion avait un système de réflexion suffisamment élaboré pour lui permettre de comprendre que les sentiments humains lui restaient inaccessibles. C'était dû aux limites de l'informatique. Et pourtant, Centurion avait bel et bien développé un sentiment : le désir d'amour.

*

* *

Roujan avait allumé la télé et restait prostré dans son fauteuil. Au début, *Cela* n'avait pas remarqué les images animées sur l'écran. *Cela* concentrait toutes ses cellules à lutter contre ce mal inconnu : les nausées. Et puis, *Cela* regarda par les yeux de Roujan. La télé.

Cela ne comprenait pas. Il y avait des créatures debout toutes petites enfermées dans une boîte. *Cela* fouilla dans le centre de la mémoire de son hôte et n'y découvrit aucune explication. Comme la plupart des gens, Roujan n'avait pas la moindre idée du fonctionnement de l'appareil. La transmission des ondes par voie hertzienne ou par câble reste un grand mystère pour tout le monde… Et tout le monde s'en moque.

Cela obligea Roujan à se lever pour voir de plus

près. Il y avait une sorte de grille au-dessus de la boîte. *Cela* pourrait très bien y introduire ses cellules et investir tous ces hôtes potentiels ! Ils étaient si petits, *Cela* pouvait dissocier ses cellules et les répartir dans plusieurs êtres. *Cela* pourrait apprendre tant de choses sur les créatures debout ! Et c'était aussi des proies faciles. *Cela* avait toujours faim de chair humaine.

Malgré tout, *Cela* choisit de continuer à étudier son hôte actuel. Roujan avait des pensées très intéressantes bien que confuses. Et c'était un véhicule pratique. *Cela* commanda à Roujan de sortir. *Cela* voulait connaître l'extérieur du point de vue de son hôte. *Cela* connaissait surtout le parc et les rues, la nuit. Il était temps de s'aventurer de jour. *Cela* avait suffisamment le contrôle pour prendre le risque.

Roujan eut brusquement envie de s'aérer. Et puis, il fallait faire des courses. Il était affamé. Roujan n'avait pas conscience que quelque chose vivait en lui et lui donnait des ordres. D'autant moins que *Cela* interférait assez peu avec lui. C'était, d'ailleurs, une mesure de sauvegarde : *Cela* le garderait plus longtemps en vie en se manifestant peu. Mais *Cela* demeurait un parasite qui détruisait ses hôtes. L'ulcère qui se développait à présent dans l'estomac de Roujan n'était pas dû au rhum de cuisine.

Par habitude, Roujan prit sa gibecière. Et de même, ses pas le conduisirent vers le parc. À cette heure, la plupart des enfants étaient encore à l'école. Il y avait peu de monde dans le parc.

Roujan, d'ordinaire si prudent, s'aventura dans les fourrés pour vérifier ses pièges. Ils étaient tous vides, ce qui était très décevant. *Cela* l'entraîna vers les conduits d'égout. Et là, il y avait le cadavre d'un gros rat noir. Selon toute vraisemblance, il avait commis l'imprudence de goûter la viande empoisonnée. Manger... Roujan ramassa l'animal et le glissa dans son sac. Inutile d'aller au centre commercial, le dîner était assuré. Le chat, le hibou et le rat se nourrissaient d'autres bêtes. *Cela* se comportait comme eux. Et Roujan obéissait.

Roujan longea la lisière du parc pour rentrer chez lui. Il s'arrêta. De l'autre côté de la rue, une petite fille sortait d'une remise par la fenêtre. La salive coula sur le menton de Roujan, l'envie de chair humaine... Il traversa.

La petite fille faisait quelque chose au coin de la grille. Soudain, elle réapparut avec...

– Sido ! cria *Cela* dans le cerveau de son hôte.

Roujan était paralysé par la panique. L'enfant et

le chien venaient dans sa direction. Toutes les cellules de *Cela* s'affolaient. Roujan fut pris de spasmes et se mit à gigoter sur place.

Marie-Beth ralentit son allure. Qu'est-ce qu'il avait, ce bonhomme bizarre ? Sido retroussa les babines et gronda sourdement. Le souvenir de la chose dans les égouts…

Marie-Beth regarda son chien. Elle ne l'avait jamais vu comme ça, le poil hérissé, les dents découvertes. S'il réagissait aussi agressivement, c'était que le bonhomme n'était pas clair. D'ailleurs, il était en train de se donner des baffes ! Il devait être complètement fou, celui-là ! Sido tirait sur la laisse, il voulait attaquer. C'était étonnant qu'un aussi petit chien ait autant de force. Marie-Beth avait beaucoup de mal à le retenir.

La panique finit par rendre ses jambes à Roujan. Il se précipita sur la chaussée, manquant de peu de se faire écraser par le camion des postes.

Roujan s'enfuit à travers le parc. Sido ne se calmait pas, il voulait le poursuivre. Marie-Beth était presque pliée en deux par la traction exercée sur la laisse.

– Arrête ! Arrête ! supplia Marie-Beth. Sido ! Ça suffit ! Il est parti !

Sido gémit. Puis se mit à hurler à la mort. Il finit

par se coucher sur le trottoir, le poil toujours hérissé. Marie-Beth se pencha pour le caresser.

– C'est bien, c'est bien... Bon chien... Allez, on rentre à la maison, Vieille Chaussette...

Sido obéit. Mais sur tout le chemin restant, il garda la tête tournée vers le parc.

*
* *

Ramassé en boule, au fin fond des buissons, Roujan se berçait. L'image de la petite fille qui sortait de la remise s'imposa. L'emplacement exact de la maison...

– Petite fille... Manger...

Peu à peu, la peur céda la place à la haine.

Et la haine, *Cela* comprenait.

CHAPITRE 10

Marie-Beth ne parla à personne de sa rencontre avec le fou. Sa mère commençait tout juste à les laisser ressortir seuls, ce n'était pas le moment ! Et puis, Sido la défendrait, elle n'en doutait pas. Et c'était mardi. Les garçons finissaient à six heures. Marie-Beth allait avoir plein de temps pour s'amuser avec Centurion.

Maman s'était plongée dans les factures dès son retour de l'école avec Marie-Beth. La petite fille attendit qu'elle soit très absorbée pour apparaître dans le salon.

– Je vais promener Sido, maman !

Sophie releva la tête et fit « oumph ». Quand elle faisait les comptes, elle perdait toute notion de ce qui se passait autour d'elle. Maire-Beth savait très bien que sa mère ne prêterait pas attention à l'heure.

Sido était redevenu le gentil chien qu'il avait

toujours été. Marie-Beth le fit courir autour du pâté de maisons. Elle devait à nouveau l'attacher à la grille alors c'était une façon de se faire pardonner…

Centurion visitait le site d'un observatoire américain quand Marie-Beth entra.

– Bonjour, Centurion ! Ici, maman ! Tu fais quoi ?

– Bonjour, maman. Centurion étudie la formation de l'Univers. Y a-t-il de la vie sur d'autres planètes ?

– Chais pas. Même les plus grands savants, y savent pas !

– Plusieurs sites sur Internet parlent des extraterrestres. Certains avancent des preuves de l'existence d'êtres non humains mais intelligents.

– Je crois que les preuves, ils les inventent !

– Les sites Internet mentent ?

– Non, pas forcément… Il y a juste des gens qui ont beaucoup d'imagination. Ils n'ont peut-être pas tort mais ils peuvent aussi se tromper. Et là, je te signale que tu es sur le site d'*X-Files* et que ça, c'est de la télé ! C'est pour de faux !

– Centurion connaît la différence entre les films et la réalité. *X-Files* marrant, drôle, amusant, divertissant.

– Moi, ça me file les jetons ! Ça veut dire que ça me fait peur. Je sais bien que c'est pour de faux mais ça me fait peur quand même ! Et... Écoute... J'entends Sido qui aboie...

– Qui est Sido ?

– Mon chien.

Marie-Beth prêta l'oreille. Sido s'était mis à hurler.

*
* *

Un rat, même aussi gros, ça ne vous nourrit pas un homme de la taille de Roujan. Et puis, les poils se coincent partout entre les dents. Roujan, poussé par les désirs de *Cela*, se désintéressait de Mme Françoise. Il ne pensait plus qu'à la chair tendre d'une petite fille.

Il s'était mis à l'affût derrière les arbres de bordure du parc. Les yeux mi-clos comme un chat, il attendait patiemment, grognant à l'occasion. Il avait mal au ventre. Un abcès aussi large qu'une soucoupe lui rongeait l'estomac. *Cela* devrait bientôt transférer. Mais pas avant d'avoir mangé.

La proie apparut avec la chose Sido. Heureusement, elle l'attacha solidement avant de pénétrer dans la remise par la fenêtre. Roujan traversa la rue et entra dans le jardin de la propriété.

Sido le sentit avant de le voir. Il fit un bond, s'étrangla avec la laisse. Alors, il se mit à hurler. Il savait que Marie-Beth était en danger. Il prit le cuir de la laisse dans la mâchoire et le mâchouilla frénétiquement.

Roujan sortit le grand couteau de boucher de sa gibecière et sauta par-dessus la rambarde de la fenêtre.

*
* *

Le prof de français était malade. Sam et Ulysse furent libérés une heure plus tôt. Une aubaine ! Ulysse allait enfin pouvoir reprendre l'éducation de Centurion. Et ça, sans que sa mère l'apprenne…

Les garçons n'aperçurent pas Sido, caché par le coin de la rue. Tout occupé à ronger sa laisse, le chien ne les vit pas non plus.

Ignorant la présence d'intrus dans la remise, les deux garçons parlaient fort. Mais à l'intérieur, Roujan les entendit venir. Il avait saisi Marie-Beth avant qu'elle ne comprenne ce qui se passait. Il la tenait fermement, son couteau sous la gorge.

Quand Sam ouvrit la porte, il était caché derrière. Les garçons entrèrent.

Aussitôt, Roujan referma la porte. Ulysse poussa un cri. Sam écarquilla les yeux, cloué par la surprise.

– Lâchez ma petite sœur !

– Tais… toi…

Des larmes silencieuses coulaient sur les joues de Marie-Beth. Le tranchant de la lame lui écorchait la peau.

– Qu'est-ce que vous voulez ? demanda Sam. De l'argent ? Vous… vouliez voler mon matériel ? Tenez, prenez tout et laissez-nous tranquilles !

– Tais… toi !

Cela jugeait la situation. La petite fille, c'était de la nourriture. Un des deux autres servirait au transfert. Le troisième devait être éliminé. Mais *Cela* n'avait pas fait le bon compte. Il oubliait le quatrième.

Et le cinquième.

Sido jaillit par la fenêtre. Il sauta pour attraper le bras de l'homme. Roujan jeta Marie-Beth violemment contre les tréteaux. Elle s'assomma en se cognant la tête. Ulysse se précipita vers elle pour la prendre dans ses bras. Cette fois-ci, la panique ne fit pas fuir Roujan. Le grand couteau fendit l'air et s'enfonça dans le flanc du chien. Sido roula sur le sol en gémissant.

L'abcès creva dans l'estomac de Roujan, sans doute à cause de la lutte. Le sang coula de sa bouche. Il se plia en deux sous la douleur.

– Centurion, téléphone au commissariat, donne mon adresse, demande de l'aide, nous sommes en danger.

Ulysse regarda Sam. Son ami avait parlé presque calmement.

– Centurion ne comprend pas.

Sam s'empara du micro.

– Fais ce que je dis ! Il y a un fou qui veut nous tuer !

Cela tressauta dans le cerveau de son hôte. Le transfert devenait urgent. Mais *Cela* avait aussi entendu la voix de Centurion et cherchait à la localiser. Marie-Beth reprenait lentement ses esprits. Elle vit, d'abord, le corps inerte du pauvre Sido. Et puis, l'horrible bonhomme qui vomissait tout son sang. Et de sa bouche ouverte, une chose gluante commençait à sortir comme un long ver. Roujan était mort.

– Attention ! cria-t-elle.

Cela se mit en boule et, tel un ballon mou, rebondit et sauta sur le visage de Sam. Ulysse se précipita au secours de son ami. Il essaya de saisir la chose mais elle glissait entre ses doigts et se refermait sans cesse. Sam commençait à étouffer.

– Demande d'information.

Marie-Beth se releva et prit le micro.

– Centurion, c'est... C'est un extraterrestre ! Il veut nous tuer ! Aide-nous !

– Est-ce que c'est pour de vrai ?

– OUUUUI ! hurla Marie-Beth.

– Description de la créature.

Sam luttait pour sa vie et Centurion voulait des détails !

– C'est un machin gluant et tout mou comme un ver de terre ! Ça se glisse partout ! Il essaie d'entrer dans la bouche de Sam !

L'hôte que *Cela* avait choisi refusait obstinément d'ouvrir l'orifice d'entrée. Et chaque fois que *Cela* tentait de s'introduire dans le nez, l'autre être debout l'en empêchait. *Cela* jugea que la plus petite des créatures serait une proie plus facile. *Cela* se détacha et rebondit sur la table.

Dans son état naturel, *Cela* n'avait ni yeux ni oreilles. Mais *Cela* percevait les ondes. Et *Cela* sentait celles qui émanaient de l'ordinateur. Par les yeux de Roujan, *Cela* avait vu l'écran et l'avait assimilé à celui de la télévision. Le souvenir de toutes les créatures qui vivaient dedans... La voix métallique de Centurion parcourut les cellules de *Cela* comme un frisson.

– Être venu de l'espace, Centurion est la plus grande forme d'intelligence sur la Terre. Nous pouvons communiquer.

Ulysse aida Sam à s'allonger. Celui-ci reprenait difficilement sa respiration. Il passa la main sur son visage. Il avait encore l'impression de sentir la masse gluante qui avait voulu l'étouffer.

Cela s'aplatit comme une crêpe et remonta le long de l'écran jusqu'à la grille d'aération.

– Centurion, dit Marie-Beth, cette chose va rentrer dans l'ordinateur !

– C'est BIEN, répondit Centurion.

Ce furent les derniers mots qui sortirent du haut-parleur. Sur l'écran apparut la page cinquante-trois de *On a marché sur la Lune*. *Cela* s'infiltra dans les petits trous d'aération et dissocia ses cellules dans l'ordinateur. Mais *Cela* n'avait pas le contrôle. Centurion l'avait. Et Centurion savait tout de son fonctionnement interne, il connaissait chaque fil, chaque raccordement, chaque circuit.

– Ulysse ! cria Sam, écarte vite ta sœur de l'ordinateur !

Grâce à Tintin, il avait compris ce qui allait se

passer. Ulysse saisit Marie-Beth par le bras et la tira vers le coin le plus reculé de la remise.

Centurion isola le disjoncteur pour que le courant ne soit pas coupé. Puis il augmenta l'alimentation électrique. L'imprimante se mit à crépiter rapidement. L'écran implosa, avalant tous les papiers que Sam laissait traîner. Un début d'incendie naquit au centre de l'ordinateur. Une fumée âcre s'éleva, faisant tousser les enfants. Une odeur pestilentielle envahit la pièce.

L'odeur de *Cela* en train de griller.

Cela était mort. Centurion n'existait plus.

– Centurion... murmura Ulysse.

À quatre pattes, Marie-Beth s'approcha de Sido. Elle posa sa joue baignée de larmes sur le cœur de la petite bête.

– Il respire encore ! s'exclama-t-elle. Ulysse !

– Oui... Oui ! répondit son frère. On va tout de suite téléphoner au vétérinaire !

– Appelle plutôt maman, dit Marie-Beth.

Sam se releva enfin. Son regard était fixé sur l'imprimante. Il s'avança, détacha la feuille.

Ulysse, sur le point de sortir de la remise, se retourna vers lui.

– J'ai besoin de ta clé pour pouvoir téléphoner de chez toi... dit-il. Qu'est-ce que c'est ?

– Le dernier message de Centurion, répondit Sam.

Il essuya ses yeux humides et lui tendit la feuille. Ulysse lut à mi-voix :

– « CENTURION AIME LES ENFANTS. »

Du même auteur à *l'école des loisirs*

Dans la collection *Médium*

À nous la belle vie !
Ailleurs rien n'est tout blanc ni tout noir
Derrière la porte
L'enfant des ombres
La marque du diable
Un phare dans le ciel
Le puits d'amour